KB141929

그냥그냥 사는 것 같지만
삶에 진심인 편입니다

그냥그냥 사는 것 같지만

삶에 진심인 편입니다

김태호

해　강

정　현

최해나

도서출판 담:다

"당신에게 맞는 적당한 온도를 찾아내기를"

여기 살아내는 일에 누구보다 진심인 사람들이 있다.
그들은 다짐한다.
진심을 다해 살아온 시간을 글로 남겨보기로.

'살아내는 것'과 '살아낸 것을 글로 표현하는 일'은 완전히 다른 작업이다. 진심을 다해 살아낸 시간과 별개로 어떤 방향으로 내디뎠는지, 삶에 어떤 철학이 깃들여있는지 궤적을 들여다보는 일은 가볍고 쉬운 일이 아니다. 어린 시절 몸에 맞지 않는 옷을 걸쳐보고 싶었던 서투름을 마주해야 하기도 하고, 꽉 조여진 나사를 풀기 위해 안간힘을 써야 했던 몸부림과 필연적으로 재회해야 한다. 〈삶에 진심인 편입니다〉는 그런 시간의 결과물이다. 단 하나의 조건이 결정적인 결과를 만들지 않은 까닭에, 어느 하나 허투루 보낼 수 없었음을 고백한다.

우리에게는 단 한 번의 삶이 허락되었다. 그렇지만 직접 경험만으로 살아가기엔 세상은 너무 다이내믹하다. 경험한 것을 복습하는 것이 아닌, 날마다 새로운 나이와 새로운 상황을 마주하면서 살아가야 한다. 그런 까닭에 다른 방식의 삶, 다른 선택을 경험한 이들은 모두 스승이다. 인생이 던지는 질문에 대해 이성과 직관이 조화를 발휘할 수 있도록 도와줄 이들을 모셔왔다. 단호함이 필요할 때 단호해질 수 있도록, 공감력이 요구될 때 선뜻 마음을 내어줄 수 있도록 방향을 제시해줄 것이다.

과거와 화해하는 법, 현실적인 문제를 해결하는 법, 꿈꾸는 방법을 도와줄 그들의 이야기 속으로 떠나보자. 그들의 얘기에 귀 기울이다 보면 복잡한 생각이 자발적 거리 두기를 통해 저만치 물러나는 것은 물론 한결 차분해진 호흡과 함께 평온함이 찾아들 것이다. 삶은 이야기하는 것이 아니라, 살아내는 것이라고 했다. 삶에 진심인 그들이 당신에게 꼭 맞는 적당한 온도를 찾을 수 있도록 도와줄 거라고, 감히 확신해본다.

기록디자이너 윤슬

목
차

여는 글

김태호

스스로를 응원하고 칭찬하며 살고 있습니다.
늘 '어떻게 살아야 잘 사는 것일까?'를 고민하고 실천하려 노력 중입니다.
학교에서 아이들을 가르치며, 때때로 글을 씁니다.

 jause92@naver.com

지나간 것은 지나간 대로

"누구는 결혼했다더라."
"누구는 돈을 많이 벌었다더라."
"누구는 직장에서 잘나간다더라."

서른에 가까워질수록 주변에서 들려오는 이야기가 남 일 같지 않았다. 나와는 아무 상관 없는 사람들의 이야기였지만, 그들과 비교하며 점점 위축되었고 밑 빠진 독처럼 한없이 부족함을 느꼈다. 어느 날, 풀이 죽어 있던 나에게 지인이 말했다.

"지금의 고민을 글로 써보는 건 어때요?"
"글… 글을 써 보라고요?"
"스스로 돌아볼 기회가 될 거예요."

쓸 것도 없고 딱히 멋진 이야기도 없어 망설여졌지만 계속

되는 권유에 '조금이라도 마음이 가벼워지진 않을까?'라는 희망으로 시작했다. 행복한 이야기로 가득 채우고 싶은 바람과는 달리 힘들었던 과거와 현재를 써 내려가기 바빴다. 3개월이라는 시간 동안 글을 쓰며 가슴 깊이 넣어 두었던 어린 시절의 나, 끊임없이 주변과 비교하기 바빴던 나를 마주했다. 초고를 완성하고 다시 처음부터 글을 훑으며 퇴고를 시작했다.

'왜 이렇게 힘들고 어렵게만 생각했을까?'

분명 내가 쓴 글이었지만 글 속의 내가 낯설게 느껴졌다. 글쓰기를 도와주던 작가님에게 속마음을 털어놓았다.

"작가님, 제 글이 너무 어색하게 느껴져요. 어디서부터 고쳐야 할지 모르겠어요."
그런 반응을 이해한다는 듯 작가님이 미소를 지으며 대답하셨다.
"글을 쓰며 힘든 기억과 지친 마음이 치유되고 있었던 거예요. 지금의 마음으로 처음부터 다시 써 보세요."

외면하고 덮어 두기 바빴던 내 속마음을 마주하는 것만으로도 치유가 되고 있었다. 달라진 마음으로 지나간 기억을 마주하자 기억 속에서 의미를 찾을 수 있었다. 그저 힘들게만 보였던 그 시절의 나는 매 순간 어려움을 이겨내며 즐거워했다는 것을. 그리고 그 순간마다 최선의 선택을 했고, 그 선택들이 있어 지금의 내가 행복할 수 있다는 것을.

지나간 것은 지나간 대로
그런 의미가 있죠
우리 다 함께 노래합시다
후회 없이 꿈을 꾸었다 말해요
새로운 꿈을 꾸겠다 말해요

이적 [걱정 말아요 그대] 중에서

통쾌한 복수

"부모님 성함이 뭐야?"

중학교 입학 첫날, 교실은 쥐 죽은 듯 조용했다. 담임선생
님은 1교시부터 차례차례 아이들을 불러 가정환경을 조사했
다. 다른 아이들에게는 평범한 질문일지 몰라도 이혼한 가정
에서 자란 나는 피하고 싶은 질문이었다.

'뭐라고 대답하지?'

식은땀을 흘리고 있을 때 내 차례가 되었다.

"부모님 성함?"

"정선희요."

"아버지 성함은?"

"…."

몇 초간 침묵이 흐르고 나를 위아래로 훑는 시선이 느껴졌다. 그리고 적막한 분위기를 깨는 한마디가 그의 큰 목소리와 함께 날아들었다.

"어머니가 혼자 널 키우시니?"

모든 친구의 시선이 나를 향하는 것 같았다. 그날 학교를 마치고 집에 가는 내내 펑펑 울었다. 집에 도착하고도 한동안 계속 울기만 했다. 울음이 그칠 때까지 기다려 주시던 어머니는 자초지종을 듣고 말없이 안아 주셨다.

며칠 후 선생님 책상 옆에 잎이 기다란 난 화분이 자리하고 있었다. 알고 보니 엄마가 학교에 와서 아들을 잘 봐달라고 인사를 하셨다. 그리고 얼마 후, 엄마의 화분 옆에 조그마한 난이 새로 놓였다. 수업 시간에 선생님이 작은 난의 잎을 닦으며 말했다.

"얘들아, 큰 난과 작은 난 중에 어느 게 더 비쌀 것 같아? 작은 난이 훨씬 비싸단다. 큰 난은 어디서든 막 키울 수 있지만 작은 난은 잘 자라지도 않고 키우기도 힘들거든."

처음에는 대수롭지 않게 여겼다. 하지만 매번 작은 난을 볼 때마다 그 말이 귓가에 맴돌아 기분이 나빴다.

하루는 선생님이 머리를 자르고 와서 아이들에게 자랑했다. 그러다 나와 눈이 마주치자 비아냥거리듯 질문했다.

"태호야, 너희 집 미용실 하잖아. 너희 어머니는 이런 머리 스타일 하실 수 있어?"

친구들 앞에서 은근히 우리 집을 무시하고 깎아내렸다. 처음에는 이런 얘기를 들으면 듣는 대로 집에 가서 이야기했다. 엄마랑 같이 화를 내며 속상한 마음을 풀었다. 그러나 그 일이 반복될수록 엄마도 상처받는 게 느껴졌다. 앞에서는 날 위로해 주고 화를 내셨지만, 뒤로는 미안해하던 엄마에게 더 이상 어떤 말도 할 수 없었다.

나쁜 아니라 엄마에게도 상처를 준 선생님에게 복수하고 싶었다. 매일 이리저리 머리를 굴리며 복수할 방법을 찾았다. 그날도 여느 날과 다름없는 수학 문제 풀이 시간이었다.

"왜 너희들은 이렇게 쉬운 문제를 못 풀어? 어려운 문제 좀 물어봐!"

"선생님, 문제집 45쪽에 도전 문제 좀 알려 주세요."

선생님은 거들먹거리며 풀다가 잘 안 풀리자 당황해하셨다.

"음…. 마칠 시간이 다 됐네. 반장! 마치자. 이 문제는 다음 시간에 알려 주마."

선생님은 서둘러 반을 나가셨다. 그 순간, 복수할 방법이 떠올랐다.

그날 학교를 마치고 바로 서점으로 달려갔다. 문제집을 잔뜩 샀다. 실력을 키우거나 칭찬을 듣고 싶은 마음은 없었다. 오로지 어려운 문제를 찾기 위해 열심히 문제집을 풀었다. 한눈에 봐도 풀기 어려워 보이는 문제들을 찾으면 마치 보석을 찾은 것처럼 기뻤다. 그 후 문제 풀이 시간마다 제일 앞에 앉아 쉬지 않고 손을 들었다. 어느새 수학 시간은 나만의 질문 시간이 되었다. 어려운 문제 중에서도 손에 꼽힐만한 것을 골라 질문했다. 선생님은 많이 당황해하셨고, 항상 자신감이 넘치던 선생님이 쩔쩔매자 아이들이 놀리기 시작했다.

"에이, 선생님은 그것도 못 푸세요?"

"선생님도 못 푸는 게 있어요?"

기분이 상한 선생님은 나를 째려봤다.

"김태호! 너 일부러 이런 문제만 골라서 묻는 거지?"

"아니요! 진짜 몰라서 묻는데요. 선생님도 어려워하는 문제를 제가 어떻게 풀겠어요?"

나의 대답에 친구들은 크게 웃었고 선생님의 표정은 더욱더 어두워졌다. 그날 붉으락푸르락 상기된 선생님의 얼굴을 보는데 정말 통쾌했다.

몇 년이 흘러 임용고시를 준비할 때였다. 성공한 모습으로 그의 앞에 서고 싶었다. 시험을 한 번에 통과하고 떡을 맞춰 모교에 찾아갔다. 학창 시절 선생님들 대부분이 그대로 남아 계셨다. 떡을 하나하나 돌리며 인사를 드리자 모두 하나같이 자기 일처럼 기뻐해 주셨다. 제일 마지막에 날 괴롭혔던 선생님을 찾아가 밝게 웃으며 떡을 드렸다.

"성심성의껏 지도해 주시고 아껴 주셔서 제가 이렇게 성공했네요."
"어, 그래…. 축하한다."

머쓱해 하는 그를 뒤로 한 채 맞은편에 계신 은사님 옆에 자리를 잡고 앉았다. 그와는 달리 진심으로 날 아껴 주고 꿈을 키워 주신 은사님 옆에 앉아 그에게 들리도록 말했다.

"중학교 시절 참 힘들었어요. 저를 무시하는 환경 속에서도 선생님만은 늘 있는 그대로 절 아껴 주셨어요."

그는 헛기침하며 황급히 자리를 떠났다. 은사님께 인사를 드리고 집으로 향했다. 중학교 입학하던 날 펑펑 울며 걸었던 그 길을 걸었다. 길 위에는 12년 전의 내가 걸어가고 있었다. 속상해하던 나와 나란히 걸으며 위로의 말을 건넸다.

'많이 속상했지?'
'고생했어. 그리고 잘 견뎌 줘서 고마워.'

선택과 책임

대학 졸업 후 늦은 나이에 입대했다. 2년 동안 맡아야 하는 보직을 복불복으로 배정받고 싶지 않았다. 나의 길은 스스로 선택하고 싶었다.

"취사병으로 갈까?, 긴 시간 요리하다 보면 멋진 요리를 할 수 있지 않아?"

취사병으로 제대한 친구에게 상담했다. 친구는 정말 후회할 거라며 극구 말렸다. 하지만 이미 머릿속엔 뜨거운 불 앞에서 굵은 땀방울을 흘리며 요리하는 모습이 가득했다.

5주간의 훈련소 생활을 마치고 대구에 있는 전투비행단으로 갔다. 부대에서 2주간 추가 훈련을 받으며 주임원사와 면담을 하고 자대를 배치받았다. 그곳에는 여러 개의 식당이 있었다. 이리저리 마주치는 선임들은 달콤한 말로 자기 식당으로 오라고 유혹했다. 친구에게 전화를 걸어 어떤 식당을 선택할지 물었다. 친구는 선택할 권한이 없을 거라며 그저 A식당에만 가지 않도록 하늘에 기도하라고 했다.

그런 바람과 달리, A식당에 가게 되었다. 매일 천 명이 훨씬 넘는 인원의 세 끼 식사를 책임졌다. 새벽부터 아침 식사를 준비했다. 병사들이 여유롭게 식사를 마치고 아침 일과를 시작할 때 우리는 부랴부랴 뒷정리하고 다음 끼니를 준비했다. 식자재 운송부터 요리가 완성될 때까지 잠시도 쉴 틈이 없었다. 모두 저녁을 먹고 TV를 보며 쉴 때 우린 하루 동안 쌓인 음식물 쓰레기를 치우고 나서야 씻을 수 있었다. 그러나 육체적 고통보다 더한 것은 정신적 고통이었다.

"×× 새끼! 그런 머리로 어떻게 선생님이 됐냐? 뇌물 줬냐?"

달콤한 말을 하며 자기 후임으로 오라고 유혹하던 선임들은 180도 돌변했고, 작은 실수 하나도 놓치지 않고 괴롭혔다. 매일 저녁 이불을 뒤집어쓴 채 소리 죽여 흐르는 눈물을 닦았다. 후임이 들어오면 나아질 거라는 희망 하나로 버텼다. 그러나 오는 후임들은 매번 다른 식당으로 배치되었고, 어쩌다 내 밑으로 들어온 후임도 2주를 버티지 못하고 떠났다. 그렇게 수개월이 흘렀지만 변하지 않는 현실에 참지 못하고 주임원사님을 찾아갔다.

"다른 식당으로 가고 싶습니다."

고개를 푹 숙인 채 하염없이 흐르는 눈물을 닦으며 말했다.
주임원사님은 담배를 꺼내 물고 아무 말 없이 허공만 바라보
셨다. 얼마나 기다렸을까. 낮은 목소리가 정적을 깼다.

"고생했다. 기다려 봐."

여느 때와 다름없이 엄마에게 전화를 걸었다. 기쁜 소식을
어서 전하고 싶었다.

"엄마, 나 드디어 이 식당을 벗어날 수 있을 것 같아!"

"우리 아들 정말 다행이네….."

축하해 주셨지만, 말끝을 흐리셨다.

"엄마, 왜 그러세요?"

"한편으론 걱정이 되구나. 나중에 사회생활을 하면 더 힘든
일을 마주할 텐데. 그럴 때마다 우리 아들이 어려움에 맞서
기보다 피하진 않을지…. 하지만 선택은 너의 몫이야."

누구보다 나의 힘듦에 공감해 주시던 엄마였기에 통화 끝
의 마지막 한마디가 한참 동안 귓가에서 맴돌았다.

'난 힘든 것을 피하려고만 하는 것일까?'
'앞으로 힘들 때마다 돌아가려고만 하면 어떡하지?'

옮기고 싶은 곳을 결정하라는 주임원사님의 호출이 있기까지 2주간 수없이 고민했다.

"어떤 곳으로 옮기고 싶냐?"
기다리던 순간이지만 선뜻 대답이 나오지 않았다. 나의 눈빛을 읽으셨는지 주임원사님은 기다려 주셨다.
"이 식당에 남아서 끝까지 해보겠습니다!"
예상치 못한 답변에 놀라는 눈치셨지만, 고개를 끄덕이며 어깨를 토닥여 주셨다.

그 후 바뀌지 않는 현실을 탓하기보다 마음을 고쳐먹기 위해 노력했다. 나를 괴롭히는 선임들에게 먼저 다가갔다. 그런 노력에 선임들의 태도도 조금씩 달라졌다. 일을 좀 더 효율적으로 하기 위해 밤마다 고민했다. 선임이든 후임이든 고민을 털어놓으며 도움을 청했다. 여전히 내 일을 하기도 벅찼지만 힘들어하는 후임들을 외면하지 않았다. 그들에게 먼저 다가가서 공감해 줬고, 나의 경험을 들려주며 다독였다. 그 모습에 후임들은 유독 나를 다른 선임들보다 잘 따라 주었다.

남은 군 생활을 하는 동안 힘든 순간이 수시로 찾아왔지만, 선택에 책임을 지기 위해 열심히 노력했다.

전역하고 수년이 흐른 지금, 힘들 때마다 선택의 갈림길에 섰던 그 순간을 떠올린다. 어려운 상황을 피하지 않고 정면으로 부딪쳤던 그때를. 그 순간의 기억으로 나는 힘든 순간마다 포기하지 않고 꿋꿋이 나아가고 있다.

사랑할 수 있을까?

"제대하면 제일 하고 싶은 게 뭐….."

"연애!"

나는 친구의 질문이 끝나기도 전에 대답했다. 입대 전까지 연애 한번 제대로 못 해본 나는 남들이 하는 평범한 연애를 해보고 싶었다. 제대 후 직장을 잡고 소개팅을 기다렸다.

"에이, 아직 젊잖아. 어련히 알아서 만나겠지."

하지만 예상과 달리 소개팅 자리는 쉽게 들어오지 않았다. 점점 조급증이 나서 지인들을 만날 때마다 솔로라는 것을 강조했다.

"제발 여자 좀 소개해 주세요!"

몇 달이 흘렀다. 볼 때마다 소개팅을 강요받던 지인들이 자리를 마련해 줬다. 안타깝게도 매번 한 번 만나고 차이기 일쑤였다. 첫 번째 상대는 뭐든 잘 아는 척하는 나를 찼다. 두 번째 상대에겐 내 이야기만 늘어놓아서, 듣다 지친 그녀가 서둘러 가 버렸다. 세 번째 상대는 애프터 신청에 "다음 주도 다음다음 주도 계획이 차 있어요."라고 대답했고, 그 말이 거절이라는 것도 모른 채 나는 한 달 뒤도 괜찮다며 끈질기게 일정을 물었다. 그날의 모습을 떠올리면 지금도 얼굴이 화끈거린다.

'제발 두 번만 만나자!'
목표가 바뀌었다. 사귀지 않아도 좋으니 애프터 수락을 받고 싶었다. 연애 내공을 키우기 위해 공부도 열심히 했다. TV 속 연애 상담 프로그램, 유튜브 그리고 블로그까지 섭렵했다. 드디어 네 번째 소개팅이 들어왔다.
'언제 연락하지? 어떻게 인사하지? 약속 장소는 어디로 하지?'
'만났을 때 무조건 예쁘다는 칭찬을 하자. 꿈도 크고 포부가 넓은 남자처럼 보이자.'

연락처를 받은 순간부터 첫 번째 만남이 끝날 때까지 온 힘을 기울였다. 첫 만남을 잘 마무리한 자신이 대견했다. 집으로 돌아와 초조한 마음으로 카톡을 보냈다. 숫자 '1'이 처음으로 빨리 없어졌고, 나는 기쁨의 환호성을 질렀다. 이미 머릿속에는 결혼식장을 예약하고 있었다. 두 번 세 번 만남을 이어가다가 드디어 사귀게 되었다.

연애를 시작하니 너무 좋아서 만나는 사람마다 자랑했다. 무엇보다 오랜 기간이 걸려 시작한 사랑인 만큼 오랫동안 지키고 싶었다. 데이트하며 먹고 싶은 것, 가고 싶은 곳을 정할 때마다 상대의 의사에 맞췄다. 너무 사랑하니까, 이 사랑을 지키고 싶으니까, 그렇게 하는 것이 당연하다고 생각했다. 데이트 비용 때문에 경제적으로 힘든 날이 점점 많아졌지만, 그녀의 미소를 볼 때면 힘들어도 참는 것이 당연하다고 생각했다. 그렇게 행복한 나날이 영원히 지속될 줄 알았다.

"너도 좋아서 연애하는 것 맞아?"

하루는 내 이야기를 듣던 친구가 물었다. 선뜻 대답이 나오지 않았다. 시간이 지날수록 안정적인 사랑에 만족했지만, 마음이 지치는 것도 인정해야 했다. 컨디션이 좋지 않은 날에도 사정을 솔직하게 말하지 못한 채 데이트를 했고, 여유가 되지 않아도 기념일을 챙겼다. 사랑을 위해 감내해야 한다고 생각했으니까. 더 나은 관계를 위해 희생이 필요하다고 여겼고, 무엇보다 인정받고 싶었으니까. 하지만 그럴수록 더욱 몸도 마음도 지쳐서 회의감이 들었고, 점점 나의 마음과 다른 사랑을 하고 있었다. 그렇게 나 자신을 잃어가던 어느 날, 여자친구가 '우리 시간을 조금 가지자.'라고 말했다. 이별의 순간이 점점 다가옴을 느꼈다.

몇 주의 시간이 흐르고 그녀와 함께 도시 야경이 한눈에 내려다보이는 고급 레스토랑에 갔다. 식사를 마치고 헤어지자는 말을 들었을 때 눈물이 주르륵 흘렀다. 집에 가서도 시한부 선고를 받은 것처럼 하늘을 원망했고, 이불을 뒤집어쓴 채 오열했다. 자고 일어나도 도무지 납득이 되지 않았다.
'왜 사랑하는데 헤어져야 해?'
질문만 가득했다. 하지만 어디에서도 답을 찾을 수 없었다.

마음을 회복하기 위해 며칠간 템플스테이를 했다. 내 사연을 모두 들은 스님이 책을 추천하셨다. 풀벌레 소리만 가득한 밤, 혼자 한 장 한 장 책장을 넘겼다. 그때 마음에 와닿는 구절을 발견했다.

"허전함을 채우거나 부족한 부분을 메우기 위해 상대를 찾으면 안 된다."
"상대가 없어도 오롯이 설 수 있어야 제대로 된 사랑을 할 수 있다."

그 후에도 찾아왔다 떠나가는 사랑을 하며 스스로 미숙하고 부족함을 느끼지만 그래도 달라진 점은 하나 있다. 사랑을 시작하기 전 또는 사랑하는 중 스스로에게 물어본다.

'나 자신을 먼저 사랑하는가?'
'혼자서도 온전히 설 수 있는가?'

엄마와도 거리가 필요해

엄마는 혼자 두 아이를 키웠다. 두 사람 몫을 감당해야 했기에 어깨가 무거웠지만, 가장의 역할에 충실했다. 물질적으로는 부족했을지 몰라도 아들에 대한 사랑은 세상에서 제일 컸다. 눈에 넣어도 아프지 않을 아들이었지만, 어디 가서 '아비 없는 자식'이라고 손가락질을 받지 않게 하려고 엄하게 나를 키웠다. 비록 어렸지만 그런 엄마를 이해했고 한편으론 안쓰러웠다. 그래서일까. 무엇을 하든 유달리 엄마를 먼저 신경 썼고 허락을 구했다. 적어도 직장을 잡기 전까지는 엄마로부터 독립된 삶을 생각할 수도, 생각하려고도 하지 않았다.

어느 날 직장 동료들과 결혼 후의 삶에 관해 이야기를 나눴다.

"전 결혼하고도 엄마와 같이 살 거예요."

"너, 결혼 전에 그런 말 하지 마. 여자들이 제일 싫어하는 게 효자다."

그때는 내 생각이 이상한 건지 몰랐다. 단지 시대가 변했고, 독립적인 삶이 편해서 그런 말을 한다고 생각했다. 이후 많은 사람과 같은 주제로 이야기를 나눠 봤지만, 결론은 다르지 않았다.

"결혼하면 엄마와 적당한 거리가 필요해."

누구와 대화를 나눠도 똑같은 이야기를 들으니 내 생각도 조금씩 바뀌기 시작했다. '그래, 어린 새들도 자라면 언젠가는 둥지를 떠나는데….'

하루는 엄마 생각이 궁금하기도 해서 엄마에게 진지하게 물었다.

"엄마, 나 결혼하면 독립해서 사는 게 어떨까?"

엄마는 엄청나게 서운해하며 화를 내셨다.

"지금까지 널 어떻게 키웠는데. 혼자 고생하며 살아온 엄마가 불쌍하지도 않니?"

엄마의 속상한 마음을 달래며 대화를 끝냈지만, 한편으론 발목에 족쇄가 채워진 느낌이 들었다. 그날부터 엄마는 아들과 떨어질지도 모른다는 불안감 때문인지 자꾸 나중에도 엄마와 떨어지지 않겠다는 다짐을 받으려고 했다. 그리고 엄마가 바라는 며느리 모습을 말씀하셨다.

그러던 어느 날 퇴근길에 버스 안에서 엄마와 통화를 했다.

"손님 아들이 결혼했는데 며느리가 그렇게 시댁에 잘한다더라."

"엄마! 그 사람은 그 사람이고 나는 나야. 그러니 제발 나한테 다른 사람 이야기는 하지 마! 난 그렇게 할 자신 없어."

버스 안이라는 것도 잊은 채 큰 소리로 화를 냈다. 그날 저녁, 집에서 난리가 났다.

"자식새끼 키워 봤자 아무 소용이 없다. 여자한테 푹 빠져서 평생 키워 준 엄마는 보이지도 않나 보지!"

새벽까지 구구절절 말을 늘어놓았지만, 서로의 감정만 나빠질 뿐이었다.

"너도 곰곰이 생각해 봐. 시간을 좀 갖자."

엄마는 그 한마디만 남긴 채 고향 집으로 내려가셨다. 그날, 나도 옷가지만 챙긴 채 집을 나왔다.

모아 둔 돈이 없어 모텔을 전전하다가 어렵게 대출금을 마련해 원룸에서 독립생활을 시작했다. 원룸에서의 첫날 밤, 문자로 엄마한테 하고 싶었던 이야기를 쭉 적어 보냈다. 지

금까지 느꼈던 족쇄 같은 책임감과 부담감을 털어놓았다. 문
자에 대한 엄마의 반응이 무섭고 두려워 연락을 차단했다.
엄마와의 일을 잊기 위해 주변에 내색하지 않고 오히려 더
밝게 웃으며 지냈다. 한 달이 흘러 추석이 다가왔다. 엄마가
생각나 휴대폰 속 메시지함을 열어 보았다.

"엄마가 뭘 그렇게 잘못했니?"
"왜 이렇게 변한 거니? 원래의 모습으로 돌아와 줄 수 없겠
니?"

그대로인 엄마의 모습에 다시금 마음이 답답해져서 휴대폰
을 닫았다. 그리고 2년 가까운 시간이 흘렀다. 그 시간 동안
오롯이 나한테만 집중했다. 어떤 선택을 할 때 그 누구도 아
닌 나를 먼저 챙기며 살았다. 마음의 소리에 귀를 기울인 채
시간을 보냈다. 시간이 약이라고 했던가. 조금씩 마음이 안
정을 찾아갔다. 어느 정도 마음이 정리되자 엄마를 마주할
용기가 생겼다. 휴대폰을 들어 가장 최근에 와 있는 문자를
읽었다.

"아들아, 정말 이젠 다 내려놓았다. 너의 선택을 있는 그대
로 인정하고 존중할게."

2년 가까이 흘렀지만, 우려한 것과 다르게 정말 편안하게 엄마와 이야기를 나눴다.

"언젠가는 아들이 독립할 거라고 짐작은 했어. 그렇지만 그 순간이 이렇게 빨리 찾아올 줄 몰랐어. 혼자 둘을 키우며 하루하루 사는 것이 버거웠어. 오로지 자식만이 고생한 인생에 대한 보상 같았어."

그날 우리는 펑펑 울며 못다 한 이야기를 밤새 나눴다. 갑작스럽게 아들과 분리된 것이 당황스러웠지만, 엄마 역시 2년 가까운 시간 동안 엄마로서가 아닌 자신만을 생각하며 제2의 인생을 설계하셨다. 새로운 취미를 찾게 되었고, 여생을 함께할 인연도 만났다.

"엄마 때문에 많이 힘들었지? 이제는 아들을 믿는다. 성인이 된 우리 아들의 생각과 선택을 오롯이 믿을게."

엄마는 온갖 힘든 일을 이겨내며 터득한 지혜로 조언하신다. 빠르고 편한 길을 두고 돌아가거나 느리게 가는 나를 바라보며 안타까워도 하신다. 하지만 나도 이제 세상을 홀로 헤쳐나가야 할 어른이 되었고, 자신의 선택에 책임을 질 나이가 되었다. 지금의 엄마는 이런 나를 위해 당장은 답답해도 조금씩 전진하는 모습을 응원해 주신다. 그리고 엄마와 아들 모두 나이가 들어감에 따라 서로에게 필요한 거리를 인정하며 지키기 위해 노력한다. 그런 엄마에게 감사함을 전한다.

"때론 답답해도 한 발짝 물러선 채, 믿어주고 기다려줘서 고마워요!"
"사랑해요!"

최고의 선생님

"아침은 먹고 왔냐?"
"아니요. 어머니가 아프셔서요."

 난 매일 지각을 했고 꾸중 들으며 하루를 시작했다. 어머니는 저녁 늦게까지 일을 하셔서 아침잠이 많은 아들을 챙겨 줄 상황이 아니었다. 그날은 유독 구겨진 옷에 머리도 감지 못하고 학교에 갔다. 모두 아침 자습을 하는 시간에 힘없이 앞문을 열고 들어갔다. 그날따라 혼나기 싫어서 기어들어 가는 목소리로 엄마가 아프다고 거짓말했다. 선생님은 평소처럼 혼내시려다가 나의 모습을 보고는 복도로 불러내셨다. 그리고는 지갑에서 2,000원을 꺼내 손에 쥐여 주며 말씀하셨다.
 "1교시 신경 쓰지 말고 매점 가서 뭐든 사 먹고 와."

'휴, 혼나지 않아서 다행이다. 배고팠는데 맛있는 것 사 먹어야지!'

꼬르륵 소리 나는 배를 움켜쥐고 매점으로 갔다. 평소 사 먹고 싶었지만 참았던 크림빵과 딸기우유를 집어 들었다. 달콤한 크림이 든 빵을 한입 가득 베어 물었을 때의 행복을 나는 지금도 잊지 못하고 있다.

중학교 2학년인 우리는 담임선생님의 한문 수업을 유독 즐거워했다. 숙제하지 않아 엉덩이를 맞고도 씩 웃었고, 그런 친구를 보며 너나 할 것 없이 깔깔거렸다. 공부할 때도, 혼날 때도 항상 웃음이 흘러넘쳤다. 스승의 날에는 졸업생들이 북적북적 찾아왔다. 졸업한 제자들과 다정하게 옛이야기를 나누며 장난을 치던 선생님의 모습이 너무 멋져 보였다. 우리 손으로 학급문집을 만들던 경험, 1년간 매일 돈을 모아 독거노인에게 연탄을 배달했던 경험 등 선생님이 만들어 준 많은 기억이 아직도 생생하다. 그런 추억이 나를 선생님이라는 길로 향하게 했다.

꿈을 이루기 위해 교육대학교에 갔다. 4학년 때 대학교 옆 부설초등학교에서 한 달간 실습했다. 그 학교 아이들은 깨끗하고 단정한 교복을 입고 등교했다. 부유한 환경에서 부모의 사랑과 교육을 받은 영향인지 아이들은 하나같이 완벽했다.

그런 아이들을 가르치며 대학생들에게 실습을 지도하는 선생님의 세련된 말투와 깔끔한 스타일이 인상적이었다. 반짝반짝 빛나는 그 모습 속에서 나의 미래를 함께 그려나갔다.

임용고시 합격 후, 꿈을 펼칠 순간이 찾아왔다. 그러나 일주일 만에 나의 이상 속 교실 모습은 무너졌다. 아이들의 가정환경은 대부분 열악했고 기초학력 역시 많이 떨어졌다. 일찍 찾아온 사춘기에 방황하는 아이가 많아 퇴근 후에도 마음을 졸여야 했다. 현실을 마주하면서 어려운 점만 눈에 들어왔다. 학교가 싫어졌고, 아이들이 미웠다. 이상과 다른 현실에 지치면서 꿈에 대한 회의감이 들었다.

그날도 여느 때와 마찬가지로 지친 몸을 이끌고 퇴근했다. 아무 생각 없이 TV를 켰고 드라마 속 한 장면을 보게 되었다. 자신의 재능만 믿고 승승장구하다가 시골 분원으로 좌천된 젊은 의사는 사사건건 김사부라고 불리는 의사와 부딪혔다. 어느 날 김사부가 젊은 의사에게 물었다.

"최고의 의사와 좋은 의사 중 어떤 의사가 환자들에게 필요할까?"
"당연히 실력이 뛰어난 최고의 의사가 필요하죠."

"최고의 의사나 좋은 의사 모두 환자들에게 필요 없어. 자신에게 필요한 의사가 최고이자 좋은 의사야."

순간 망치로 얻어맞은 것처럼 머리가 띵했다.

'최고의 선생님이 곧 좋은 선생님이 되는 건 줄 알았는데….'

그날 뜬눈으로 밤을 지새웠다.

다음날 아이들을 마주했을 때 나 자신이 부끄러웠다. 하지만 용기를 내서 아이들에게 다가가기 위해 노력했다. 밝은 얼굴과 목소리로 먼저 아침 인사를 했다. 처음에는 나와 아이들 모두 어색했지만, 조금씩 시간이 흐르자 누가 먼저랄 것 없이 인사를 했다. 학생들과의 관계뿐만 아니라 수업도 바꾸기 위해 임용고시 후 펴 보지 않았던 전공 서적을 다시 보았고, 선배들을 찾아다니며 조언도 구했다. 수많은 연수에 찾아가고 다른 교사들의 사례들을 살펴보며 아이들이 필요로 하는 선생님이 되기 위해 노력했다.

6년이 흐른 요즘, 매일 하이파이브로 아침 인사를 하며 아이들을 맞이한다. 표정이 어두운 아이들을 보면 아침은 먹었는지, 전날 무슨 일이 있었던 건 아닌지 물으며 속사정을 듣는다. 선생님의 그런 관심에 우리 반 아이들도 사랑을 느껴서일까. 유독 선생님과의 관계가 다른 반보다 끈끈한 것 같다. 그래서 우리 반은 수업할 때든, 혼이 날 때든, 항상 밝고 웃음이 넘친다. 아이들의 눈높이에서 대화하고 그들의 보폭에 맞춰 걷기 위해 지금도 노력한다. 오늘도 아이들의 맑은 눈동자를 보며 다짐한다.

"너희들에게 필요한 선생님이 될게!"

행복하게 사는 비결

첫 번째 비결

주말을 맞이하기 전 불금! 퇴근하며 행복한 고민에 빠졌다. '오늘은 어떤 메뉴를 시킬까?' 한참을 고민하고 주문 완료! 집에 도착하기가 무섭게 시원한 맥주로 목을 축이며 TV를 틀었다. 띵동! 고소한 기름 냄새가 집안을 가득 채웠다. 바삭한 닭 다리를 한입 가득 베어 물자 콧노래가 절로 나왔다. 자기 전 만족스럽게 배를 두드리며 화장실에 들어섰다. 거울 속에 비친 나의 볼록한 배를 보니 방금 본 드라마 속 건강미가 넘치던 남주인공이 떠올랐다.

"한 달 동안 무조건 5kg을 빼겠어!"

정신을 차리고 소파에 앉아 닭가슴살을 주문했다. 그날부터 끼니마다 칼로리를 계산하고 수시로 체중계에 올라갔다. 겨우겨우 목표한 숫자를 맞추면 안도의 한숨을 쉬지만 기쁨도 잠시, 숫자를 지키기 위해 또 목숨을 걸었다. 숫자에 웃고 우는 날들의 연속이었다. 행복할 리 없었다. 여러 시도 끝에 생각을 바꾸기로 했다.

'목표를 바꾸자.'

여러 가지 일로 스트레스를 받을 때는 마음 편히 배달 음식을 시켜 먹었다. 과하게 먹은 만큼 다음 날에는 식단을 조절했다. 평소처럼 먹되 한 숟가락씩 남겼다. 물도 시간 맞춰 정해진 양을 먹기보다 목마름을 느낄 때 자연스럽게 챙겨 마셨다. 운동도 횟수나 중량에 집착하기보다 따뜻한 햇볕과 공기를 느끼며 산책하듯이 걸었다.

'체중계 숫자 대신 건강하게!'

다이어트라는 긴 여정을 느릴지 몰라도 기분 좋게 완주할 수 있었다. 때론 뒤처지거나 멈출 때도 있었지만 결국 완주했다. 다이어트에서 찾은 행복해지는 비결 첫 번째는 다음과 같다.

목표를 숫자가 아닌 가치에 두자!

두 번째 비결

'어서 돈 모아서 집도 사고 결혼도 해야지!'

만기 된 적금통장을 찾으며 행복한 미래를 꿈꿨다. 그러나 그런 꿈에 다가가기는 쉽지 않았다. 사고 싶은 것도 많고, 먹고 싶은 것도 많고, 사회생활을 하다 보니 차도 사게 되었다. 아파서 입원이라도 하면 큰돈이 나갔다. 돈이 생각만큼 쉽게 모이지 않았다.

이리저리 머리를 굴리며 지출을 줄였고, 돈을 더 벌기 위해 초과근무를 하거나 무리를 해서 출장을 다녔다. 지인들의 조언에 귀 기울이며 열심히 공부해서 투자도 했다. 그러나 지출을 너무 줄이니 마음이 피폐해졌고, 과로로 몸도 지쳤다. 미숙한 투자로 돈도 잃었다. 급등하는 부동산이나 주식에 관한 뉴스와 코인으로 대박 난 이야기를 들을 때면 속상함이 배가 되었다.

그런 아들이 안쓰러우셨는지 엄마가 말씀하셨다.

"아들아, 열심히 살다 보면 언젠가 기회가 찾아올 거야."

"친구들은 벌써 결혼도 하고, 집도 사고, 다들 잘 사는 데 전 언제 그렇게 살아요?"

"사람은 태어날 때 어느 정도 그릇을 타고 나는데 그 이상을 욕심내면 큰 화를 입을 수 있어."

당시 주변 사람들의 이야기에 괴로워하고 그들과 비교하기에 바빠 엄마의 충고를 무시했다.

어느 날 독서 모임에서 〈에픽테토스의 인생을 바라보는 지혜〉라는 책을 읽었다. 첫 장에 나오는 구절이 눈에 들어왔다.

"자신이 할 수 있는 것과 할 수 없는 것을 철저히 구분하라!"

돈, 명예, 죽음 등은 내 힘으로 바꿀 수 없는 것들이고 내 생각은 바꿀 수 있는 것이었다. 지금까지 바꿀 수 없는 것들에 집착하며 힘들어했던 날들이 떠올랐다. 바꿀 수 있는 내 생각에 힘을 쏟자 마음이 한결 가벼워졌다. 지금까지 놓치고 있던 주변의 소중한 것들도 눈에 들어왔다. 경험과 독서를 통해 찾은 행복해지는 비결 두 번째는 다음과 같다.

내 힘으로 할 수 없는 것에 집착하지 말자!

나이가 들면 어떻게 살까?

"수입이 일정하면 좋을 텐데…."

엄마는 매일 가계부를 쓰셨다. 그날의 매상을 정리하며 한숨을 내쉬곤 하셨는데, 그럴 때마다 나를 보며 말씀하셨다.
"나중에 꼭 안정적인 직장을 가지도록 해."
어릴 때부터 하루의 매상에 따라 집안의 분위기가 달라지는 것을 느껴서인지 나 또한 더더욱 안정된 직업에 집착했다.

꿈꾸던 대로 안정적인 직장을 잡았지만, 일상에 안주하기보다 퇴직 후의 삶에 대해 고민했다. 당시에는 일하는 동안 돈을 아끼고 저축해서, 죽을 때까지 모은 것으로 걱정 없이 사는 게 목표였다. 그러던 중 노후의 삶에 대해 다르게 생각해 볼 계기가 찾아왔다.

군대에 가기 전 몇 달 동안 휴식하던 때였다. 입대를 앞두고 취직이 확정된 상황이라 마음 편히 하고 싶었던 것을 하며 지냈다. 행복도 잠시, 일주일이 지나자 좀이 쑤시기 시작했고 반복되는 나날에 권태로움을 느꼈다.
'지금 모습이 미래에 퇴직 후 내 모습이 아닐까?'

그렇게 몇 달을 보내던 어느 날, 두 친구의 아버지 이야기를 전해 들으며 노후에 대해 다시 생각해 보게 되었다. 한 분은 매일 아침 등산으로 하루를 시작해 TV 시청, 산책 등으로 시간을 보내셨다. 다른 한 분은 취미 생활을 하며, 새로운 직업에 도전하기 위해 자격증 공부를 하고 계셨다. 안정적이지만 지루함이 느껴지는 모습과 새로운 도전을 이어나가는 모습 중에 어느 것이 나에게 맞을지 고민이 많았다. 그러던 찰나 주변에서 두 명의 멋진 롤모델을 발견했다.

한 분은 독서 모임을 통해 알게 된 교수님이다. 그분은 퇴직 후 팔공산에 터를 잡고 사람들과 독서 모임을 하며 만남을 이어가고 계셨다. 커피를 내리는 여유로운 모습부터 제각기 다양한 삶의 모습을 가진 사람들에게 둘러싸여 지혜를 나누는 모습, 이웃과 정겹게 산책을 즐기는 모습 등 교수님의 모든 것이 내가 생각하던 이상적인 노후의 삶, 그대로였다.

다른 한 분은 나의 아름다운 미용사, 어머니다. 어머니는 생계를 책임지던 부담을 내려놓으시고 용돈 벌이로 일을 하신다. 여유롭게 출근해 가게 앞에 늘어선 식물에 인사하며 물을 주신다. 가게의 사인볼이 돌아가기 시작하면 동네의 사랑방인 듯 단골이 하나둘 모여든다. 커피믹스 한 잔에 시시콜콜한 이야기를 나누며 모두 웃음꽃을 피운다. 한가할 때는 가게 한쪽의 작은 방에서 신나게 색소폰을 연주하시는데 매일 연주하는 모습을 영상으로 담아 아들에게 보내며 이렇게 물어보곤 하신다.
"아들, 엄마 실력 많이 늘었지?"

친구의 아버지, 교수님 그리고 엄마를 보며 내가 정리한 행복한 노후 조건은 다섯 가지다.

건강, 자신의 의지대로 움직일 수 있을 만큼 **건강**해야 할 것 같다.
취미, 오롯이 그걸 할 때는 모든 일을 잊을 정도의 **취미**가 있으면 좋겠다.
일, 자신이 존재하는 이유를 느낄 수 있는 **일**이 꼭 필요해 보인다.

　사람, 마음 편히 삶의 희로애락을 나눌 수 있는 **사람**이 곁에 있어야 할 것 같다.

　마지막으로 지혜.

　주변 사람들과 나눌 **지혜**가 있으면 더할 나위 없이 멋진 노후가 될 것 같다.

인복이 많은 사람

"쟤, 내신 따려고 전학 온 것 아냐?"

고향에 있는 고등학교로 전학 왔을 때의 일이다. 이전 학교에 적응하지 못하고 돌아온 터라 주변의 시선이 두렵고 긴장이 많이 됐다. 첫인사를 할 때 앞에 앉은 아이들이 수군댔다. 그 소리에 얼굴이 붉어져 서둘러 인사를 마치고 빈자리로 갔다.

"야! 반갑다. 어디 살아? 책은 다 있어?"

나와 같이 앉게 된 친구는 씩 웃으며 먼저 말을 걸어 주었다. 쉬는 시간이 되자 자기 친구들을 데려와 소개해 주었다.

겉도는 나를 친구들 사이에 끼워 주었고, 틈만 나면 말을 걸어 주었다. 궁금할 법도 하지만 전학 오게 된 사연은 일절 묻지 않고 항상 밝게 대해 줬다. 전학 오기 전, 성적에 대한 압박감과 교우 관계에 대한 스트레스로 몸과 마음이 지쳐 있었지만, 친구가 웃으며 다가와 준 덕분에 얼었던 마음이 눈 녹듯 녹아내렸다. 15년이 흐른 지금까지도 그 친구는 힘들 때나 기쁠 때나 옆에 있다.

어른이 된 후 엄마와의 다툼으로 집에서 가출했던 적이 있다. 모텔을 전전하며 떨어져 가는 잔액을 걱정할 무렵 대학 동기에게서 연락이 왔다. 평소와 다름없는 안부 인사였지만 감정이 북받쳐 한동안 대답을 못 했다.

"태호야, 무슨 일 있어? 왜 그래?"

친구의 한 마디에 눈물이 왈칵 쏟아졌고 그간 속상했던 일들을 털어놓았다. 묵묵히 이야기를 듣던 친구가 말했다.

"짜식, 어깨 펴! 너 당장 계좌번호 문자로 보내."

"응? 갑자기 계좌번호는 왜?"

"나중에 너 결혼할 때 공짜로 가고 싶어서 미리 축의금 보낸다."

사양하지 않고 덥석 받았던 것을 보면 어지간히 돈이 급했던 모양이다. 하지만 지금까지도 그 친구가 건네준 돈보다 나의 자존심을 지켜주며 위로해 준 한마디가 더 고맙고, 생각만으로도 마음이 든든해진다.

나는 우정이란 같은 또래끼리만 가능한 일이라고 생각했다. 그런 고정관념을 깨 준 인생 선배가 두 분 계신다.

먼저 같이 일하는 부장님. 일을 시작한 지 6년 차인 나는 4년째 같은 부장님과 일하고 있다. 부장님과 함께 일한 첫해, 마음만 앞섰지 모든 것이 서툴렀던 나는 곁에서 많은 것을 보고 배웠다. 가장 일찍 출근해 하루를 준비하는 모습, 힘든 동료가 있으면 그 일이 끝날 때까지 자기 일을 제쳐 두고 같이 있어 주는 모습, 모든 공을 주변으로 돌리는 모습을 보며 감명받았다. 그 후로도 부장님과 함께 일하고 싶어 다음 일이 배정될 때도 함께 했고 근무지를 이동할 때도 따라다녔다. 어느덧 나도 초짜 티를 벗고 서서히 부장님에게 힘이 되는 존재가 되어 가고 있다. 이제는 서로 말하지 않고 표정만 봐도 척척 알아서 도와주는 사이다. 부장님이 계시는 직장에서의 하루하루가 즐겁다.

다른 한 분은 일하며 알게 된 수석선생님이다. 내가 신규일 때 아이들을 가르치는 일부터 직장 내 대인관계까지 모든 것이 낯설고 힘들었다. 하지만 도움을 청할 곳이 없어 외로웠다.

"잠시만요! 수석선생님, 제발 저 좀 도와주세요."

어느 날 우리 학교에서 연수하고 가시던 수석선생님을 무작정 붙들고 도와달라고 했다. 나의 눈빛에서 간절함이 느껴져서일까. 나의 손을 꼭 잡아 주시며 연락처를 주셨다. 그 후 밤늦은 시간에 도움을 청해도 마다하지 않고 손을 잡아 주셨다. 가장 감사했던 것은 항상 대화 끝에 해 주시던 말이었다.
"오늘 하루도 너무 고생했어. 지금까지 정말 잘하고 있어."
힘들 때 손을 잡아 줄 사람이 있다는 사실 하나만으로도 난 행복한 사람이다.

아무리 생각해도 나는 인복이 많다. 재물복은 잘 모르겠지만 인복은 타고난 것 같다. 힘들 때 먼저 다가와 주는 사람, 말하지 않아도 나의 마음을 알아주는 사람, 좋은 길로 이끌어 주는 사람, 항상 든든히 곁에서 응원해 주는 사람까지. 주변에 좋은 사람들이 가득한 나는 진정 행복한 사람이다.

마음의 녹

Ep. 1

"어! 나 복숭아 상자에서 영천 봤는데."

대학교 입학 후 처음으로 자기소개를 하는 시간, 누구도 나의 고향이 어딘지 모르던 찰나에 한 친구가 이야기했다.
"나도 폐지 줍는 할머니가 가져가는 포도 상자에서 봤어!"
이어지는 친구들의 후기들을 들으며 나는 서둘러 자리로 돌아갔다. 친구들은 아무 생각 없이 그냥 웃고 지나갔지만, 촌에서 자란 사실에 자격지심이 있던 나는 부끄러워 얼굴이 빨개졌다.

대학 생활에 적응할 무렵, 하루는 친하게 지내던 동기와 술을 한잔했다.

"난 네가 서울에서 자란 게 너무 부러워."

"그래? 난 전혀 좋지 않은데…."

"왜? 서울에는 없는 게 없잖아! 나도 서울에서 딱 1년만 살아 보고 싶다."

"서울에서 자란 게 좋지만은 않아. 많이 힘들었어. 매일 학교 마치면 학원에 가고, 학원 마치고 집에 가면 숙제하기 바빴어."

"그래도 틈틈이 친구들이랑 놀지 않았어?"

"친구들과도 학교에서든 학원에서든 항상 경쟁해야 하잖아."

집에 돌아와 나의 유년 시절을 찬찬히 떠올려 봤다. 학교에서 수업을 몇 시에 마치든 저녁 먹을 무렵이 되어서야 집에 도착했다. 집으로 가는 길 주변에는 발걸음을 붙잡는 것이 너무 많았다. 여름철 모내기가 한창인 논을 지날 때면 퐁당퐁당 수영하는 소금쟁이가 눈에 들어왔다. 손을 가까이 댈 때마다 도망가는 소금쟁이를 잡다 보면 신발이 젖기 일쑤였다. 한창 논에서 첨벙첨벙 놀다가 집으로 가는 길엔 강아지풀 위로 풀쩍 뛰어오르는 방아깨비가 보였다. 살금살금 다가가도 어느새 알아차리고 도망가는 녀석을 이리저리 쫓아다니다 보면 옷에 도깨비 풀이 한가득 붙었다. 과일이 맛있게 익을 무렵에는 친구 한 명을 보초 세우고는 주인 몰래 서리를 하기도 했다. 흙탕물이 가득 튄 옷에서 간신히 깨끗한 곳을 찾아 과일을 쓱쓱 닦아 한입 베어 먹으면 그렇게 달콤할 수 없었다. 지나가다가 예쁜 들꽃이 눈에 들어오면 콧노래를 부르며 한 아름 따다가 엄마에게 안겨 드렸다.

따스한 기억과 함께 포근해진 마음을 안고 잠이 들었다. 촌에서 자란 부끄러움이 나를 위로하는 포근함으로 바뀌는 순간이었다. 그때 이후로 난 힘들 때마다 유년 시절의 기억을 떠올리곤 한다. 순수하고 행복했던 기억! 그 기억이 지금의 나를 위로해 주고 앞으로 나아가게 만든다.

Ep. 2

'아빠가 있으면 어땠을까? 가정형편이 더 낫지 않았을까? 더 행복하지 않았을까?'

이혼한 가정에서 자란 나는 항상 부족함을 느끼며 살았다. 처음으로 그런 가정사가 부끄럽지 않게 느껴졌을 때가 있었다.

"신규 교사답지 않게 눈치도 빠르고 어른들에게도 싹싹하게 잘하네."

일을 시작한 첫해에 여러모로 칭찬을 많이 들었다. 처음에는 형식적으로 신입에게 건네는 칭찬이겠거니 하고 대수롭지 않게 여겼다. 하루는 정말 가깝게 지내던 동료들과 이야기를 나누며 가정사를 말했는데 어떤 동료가 말했다.

"유년 시절에 아주 힘들었겠지만 그래서인지 직장에서 잘하나 봐요."

다른 동료가 맞장구를 쳤다. 감사하다는 말을 건네면서도 날 위로하는 말이겠거니 생각했다. 하지만 그날 밤 침대에 누워 있는데 동료의 말이 계속 귓가를 맴돌았다.

'힘들었던 가정환경 덕에 직장에서 잘한다니….'

생각에 잠겨 눈을 감자 어렸을 때의 기억이 주마등처럼 지나갔다. 엄마가 고된 일로 항상 바빴기에 스스로 밥을 챙겨먹고, 학교 준비물부터 숙제까지 알아서 챙겨야 했다. 어린마음에 사고 싶은 것이 생겨도 저녁에 가계부를 쓰는 엄마의 표정을 보며 말을 꺼내지 못했다. 스스로 하는 습관이 자리잡았고, 자연스럽게 눈치도 빨라졌다. 동료의 말은 그냥 해주는 위로가 아니었다는 것을 깨닫는 순간이었다.

'당시엔 힘들었을지 몰라도 그런 과거가 있어서 현재의 내가 있구나.'

나는 나의 유년 시절과 가정환경이 부끄러워 열등감 속에 살아왔다. 그늘진 나의 마음이 녹슬고 있었다. 그러나 순수하고 행복했던 유년 시절은 힘들 때마다 나를 위로해 주고, 힘들었던 가정환경은 내가 앞으로 나아가는 데 필요한 것을 일찍 배우게 해줬다. 모든 것이 마음먹기와 태도에 달렸다. 녹이 쇠를 먹어 버리지 않도록 마음의 녹을 찬찬히 벗기기 위해 더욱 노력할 생각이다.

"녹은 쇠에서 생긴 것인데 점점 그 쇠를 먹는다."
법정 스님, 〈무소유〉 중에서

취미가 뭐예요?

취미에 대한 고민은 고등학교 진학 원서를 적을 때 시작되었다. 떠오르는 것이 없어 평범하게 '독서'라고 적었다. 그날 저녁 엄마에게 고민을 이야기했다.

"엄마, 나도 취미 하나 만들어 볼까?"

"취미는 무슨 취미? 커서 직장 잡은 후에 해도 늦지 않아."

'흠, 취미는 여유 있을 때나 하는 건가.'

그렇게 한동안 그 단어를 잊고 살았다.

어느 날 동료들과 차를 마실 때였다.

"취미가 뭐예요?"

나는 선뜻 독서라는 말이 나오지 않았다. 독서를 즐기지 않는 내가 그 단어를 내뱉다가는 웃음이 터져 나올 것 같았기 때문이다.

'시간 날 땐 누워서 TV만 보는데…. 에이, 모르겠다.'

"평소에는 산책하고 주말에는 등산 가요."

"와, 대박! 등산이요? 엄청 건전한 취미네요."

기분은 좋았지만 '내 진짜 취미는 무얼까?'라는 생각이 들었다.

뚜렷한 취미가 없다는 생각에 남들이 취미라고 얘기하는 것을 하나씩 시도해 보았다. 등산, 볼링, 자전거 타기 등. 그러나 무엇을 하든 얼마 가지 않아 마음이 시들해졌다. 취미 활동을 같이할 사람을 찾기도 하고, 전문적으로 배우기 위해 학원도 다녀 봤지만 달라지지 않았다.

'일 마치고 피곤해 죽겠는데 사람들 앞에서 표정 관리까지 해야 해?'

'취미로 하는데 뭘 또 배워야 해….'

그렇게 나만의 취미를 가지지 못한 채 서른이 되었다.

하루는 색소폰을 부는 엄마의 모습이 떠올라 집에 있던 악기를 집어 들었다. 처음에는 색소폰의 번쩍임이 부담스러웠지만, 점차 악기를 연주하는 내 모습이 멋있게 느껴졌다. 중후한 소리가 좋았고 손가락 움직임 하나에 달라지는 선율이 짜릿했다. 매일 색소폰 연주로 하루를 시작할 생각에 출근길이 한결 가벼워졌다. 우연히 시작된 독서 모임도 또 다른 취미가 되었다. 평소 독서를 즐기지 않는 터라 정해진 분량을 읽는 게 쉽지 않았다. 중요한 건 정해진 분량의 책을 읽는 것보다 좋은 사람들과 함께한다는 것이었다. 그들과 마주 앉아 이야기를 나누는 것 자체가 즐거웠다. 그렇게 시작한 것이 벌써 3년째 독서 모임을 이어오고 있다.

현재 색소폰과 독서 모임을 하고 있지만, 고등학생 때부터 이어진 취미에 관한 물음은 여전하다. 아직 나의 진정한 취미가 무엇인지 자신 있게 말을 못 하겠다. 하지만 지금까지의 경험으로 미루어 취미는 이것저것 해 보면서 찾아가면 될 것 같다. 전문적일 필요도 없고, 중간에 관둬도 상관없는 것 같다. 뭘 하든 그 자체로 즐겁고 좋은 사람들과 함께할 수 있는 것이라면 그게 바로 취미라는 결론에 이르렀다.

'나를 나답게 해 주는 것, 그게 취미가 아닐까?'

결국, 마음먹기 달렸어

얼마 전 신호를 위반한 오토바이와 접촉사고가 났다. 사고 이야기를 들은 친구가 나에게 물었다.

"너는 화도 안 나? 나 같으면 짜증 나고 속상할 것 같은데."

예전의 나였으면 푸념을 늘어놓았을 것 같다.
'왜 나한테 이런 일이 일어난 거지?'
'만약 그 길로 가지 않았다면 사고도 나지 않았을 텐데.'
'바빠 죽겠는데 병원에 가야 하고 차도 수리해야 하고 귀찮아 죽겠네.'

하지만 지금의 나는 많이 달라져 있었다.
'이미 벌어진 일인데 뭐 어쩌겠어.'
'사고를 잘 수습하려면 어떻게 해야 할까?'

'오랜만에 버스 타고 다니니까 주변의 경치도 구경하고 좋네.'

친구의 말에 곰곰이 생각해 봤다.
'내가 어떻게 이렇게 달라졌지?'

바뀐 것은 없었다. 주변 환경은 예전이나 지금이나 달라진 것이 없었다.
단지 달라진 것은 오직 하나, '내 생각'뿐이었다.

글을 쓰며 지나간 기억을 다시 꺼내 보았다. 지금까지 매 순간 열심히 살아온 자신이 대견하고 고마웠다. 스스로 감사한 마음을 가지자 주변을 바라보는 시선이 달라졌다. 유일하게 바뀐 '내 생각' 덕분에 일희일비하지 않고, 평범하지만 행복한 삶을 살고 있다. 멀지 않은 곳에 있던 행복의 비결을 매일매일 되새기며 살아가고자 한다.

'결국, 마음먹기 달렸어.'

해 강

뚱냥이 두 마리와 함께 살며 소중한 사람들과 소소한 하루하루를 보내고 있습니다.
글을 쓰고 번역하며, 그림을 그립니다.
일주일에 세 번 소박한 채식을 합니다.

 haekang84@naver.com

동트기 직전이 가장 어둡다는데
왜 내 인생에는
동이 트지 않는 걸까?

간밤에 호흡이 불편해져 이불을 걷어차며 일어났다. 깊게 숨을 들이마셨지만 나일론 손수건에서 겉도는 물기처럼 명치 언저리를 나돌 뿐이었다. 가슴을 쳐 봐도 가시지 않는 먹먹함에 그저 조용히 얕은 숨을 반복할 뿐, 내가 할 수 있는 일은 없었다.

다음날 혼자 시내를 걸으며 여전히 답답한 마음에 타로점을 보러 갔다. 몇 번이나 가던 곳이고, 어차피 또 비슷비슷한 대답이 돌아올 것을 알고 있었다. 그래도 그날은 그 비슷한 대답에 더 강력하고 다정한 의미를 부여하고 싶은 날이었다.

"지금은 조금 답답한 시기를 지나고 있는데, 곧 좋아질 거예요."

나의 오천 원은 그렇게 허망하게 날아갔다.

내 고민을 듣던 친구는 가볍고 쿨한 목소리로 말했다.

"그런 건 그냥 잊어버려."

그 말이 정답이었다. 그렇다. 잊어버려야 한다. 우리는 알고 있다. 언젠가 괜찮아진다는 것을. 언젠가 잊어버릴 수 있다는 것을. 세상에는 더 슬프고 안타까운 일도 많다는 것을. 그러나 현재의 내게 그런 것이 다 무슨 소용이란 말인가. 아픔과 상처는 사람과 상황에 따라 상대적이지만, 자신에게는 절대적으로 작용한다. 나보다 더 힘든 상황에 놓인 사람이 있다는 것도 이미 알고 있다. 그러나 누군가의 더 큰 불행을 보며 나를 위로하고 싶지는 않았다.

물에 빠졌을 때 허우적거리지 말고 몸에 힘을 풀어 두둥실 떠올라야 한다는 사실을 알고 있다. 그런데, 하지만. 나는 몸의 힘을 풀고 싶어도 풀 수 없었다. 그리 간단하게 잊어버릴 수 없었다. 아무렇지 않게 잊어버릴 수 있었다면 애초에 그렇게 힘들어하지 않았을 것이다. 유유자적 헤엄쳐 육지로 빠져나왔을 것이다.

우리는 쉬운 위로를 던진다. "괜찮아질 거야." "잊어버려." "그런 건 큰일도 아니야." 이 말들은 모두 정답이다. 그러나 종종 이런 조언은 사람의 마음에 큰 상처를 남긴다. 옳은 말이긴 하지만 참 매력 없는 표현 같다는 생각이 든다. 때로는 틀려도 좋으니 따뜻한 오답을 듣고 싶다. 위로의 종류까지 선택하려 들다니 너무 과한 욕심일까?

이 글은 동이 트지 않을 것 같은 삶 한가운데를 지날 때마다 하나씩 주워 모은 위로를 엮은 것이다. 때로는 남들에게 받기도 하고, 때로는 스스로 중얼거리기도 하며 그 말을 가로등 삼아 한 걸음씩 내디딜 수 있었다.

때로는 틀려도 좋으니
따뜻한 오답을 듣고 싶다

이웃집 야마자키 씨

내게는 잊지 못할 이웃이 있다.

내가 살던 동네는 몇몇 큰 대학이 모여 있는 대학가였다. 동네 자체는 작고 아담했지만 언제나 대학생들의 젊음과 활기로 가득 찬 곳이었다. 타국에서 대학을 다닌 나는, 한국인이 아닌 다른 나라 친구들과 한국어가 아닌 다른 나라 말을 쓰며 수업을 듣고 수다를 떨었다. 함께 점심을 먹고 과제를 했다. 매일 새롭고 즐거웠지만 때로는 일상이 두렵고 쓸쓸하기도 했다.

306호 야마자키 씨는 괴짜가 많기로 유명한 근처 명문대에 다니던 대학생이다. 남아 있는 기억에 따르면 그는 175cm 정도 되는 키에 약간 말라 보이는 몸을 가졌다. 대충 정리한 부스스한 머리에 후드 티를 입고 별로 크지 않은 가방을 들고 다니던 모습이 기억난다. 야마자키 씨의 트레이드마크는 웃음소리였다. "하하하!" 하고 호탕하게 웃을 것처럼 생겼지만, 야마자키 씨는 의외로 "꺄하하하핫!" 하고 방정맞은 소리로 웃었다.

나는 흥이 많은 한국인답게 노래 부르기를 아주 좋아했다. 노래와 춤에 온 정성을 다하는 한국인의 특성이 이웃 나라로 간다고 사라지는 것은 아니었다. 하지만 춤은 질색이다. 심각한 몸치이기 때문이다. 어쨌든 나는 방에서 좋아하는 가수의 노래를 틀어 놓고 그 가수가 된 듯 빙의해 노래 부르며 하루의 스트레스를 풀었다.

야마자키 씨는 집에 친구들을 불러 놀기를 좋아했다. 저녁 여섯 시, 일곱 시쯤이 되면 낯선 웃음소리 사이에 야마자키 씨 특유의 경박한 웃음소리가 뒤섞여 들렸다.

안타깝게도 우리가 살던 건물은 벽이 두껍지 않아 방음에 취약했다. 그래서 어쩔 수 없이 야마자키 씨가 저녁에 친구들을 불러 술을 마시고 수다 떠는 소리를 생생히 들어야 했고, 그 또한 달콤하지 않은 나의 노랫소리를 억지로 들어야만 했다.

혼자 현란하게 뮤직비디오를 찍거나 친구들을 불러 청춘을 즐기던 어느 날, 나는 예상치 못하게 환상의 콤비를 만났다. 내가 부르는 노래 리듬에 맞춰 야마자키 씨가 벽을 통통 쳐 대기 시작한 것이었다. 그것은 항의를 위한 벽치기가 아니었다. 그의 벽치기는 흥에 겨워 드럼을 쳐 대는 프로페셔널한 드러머의 연주와도 같았다. 통통 토동 통통 토동! 시원한 멜로디와 일본인의 절제된 벽치기가 만나 한국인의 흥이 터져 나왔다. 일본 가수의 노래를 부를 때면 서로 화음을 넣어 주기도 했다. 벽 하나를 사이에 두고 작은 콘서트가 열린 셈이다. 야마자키 씨와 벽 너머로 함께 부른 포르노 그라피티의 메릿사와 와다 코지의 버터플라이를 지금도 잊지 못한다. 우리는 정말이지 완벽한 듀엣이었다!

아직 여름의 더위가 다 식지 않은 어느 가을날, 역에서 내려 터덜터덜 걸어와 문을 열고 현관에 털썩 주저앉았다. 정말 모든 것을 포기하고 싶고, 누군가 톡 치면 눈물이 팡 터질 것 같은 그런 날이었다.

'울지 말아야지.'

그렇지만 하지 말라고 하면 더 하고 싶어진다고 했던가. 사람은 참 청개구리 같다. 그렇게 생각하는 순간 주체할 수 없는 눈물이 폭포수처럼 터져 나왔다. 밤 1시, 쥐 죽은 듯 조용한 건물에 오열하는 내 울음소리만 울려 퍼졌다.

몇십 분이 흘렀을까, 옆방에서 조용하지만 따뜻하고 다정한 노랫소리가 흘러나왔다. 토독토독 앙증맞게 벽치는 소리도 들렸다. 그 노랫소리에 나의 울음은 가느다란 실처럼 서서히 사그라들었고, 어느새 작은 방 안에 조그마한 숨소리만 남았다.

다음 날 아침, 사과와 감사의 마음을 담은 짧은 편지와 함께 한국에서 가져온 간식을 작은 종이 가방에 넣어 야마자키 씨 집 앞에 걸어 두었다.

밤새 깎여 내려간 마음을 숨기며 웃는 얼굴로 수업을 듣고 집에 돌아와 보니, 우리 집 현관에 아침에 걸어 두었던 종이 가방과 똑같은 가방이 걸려 있었다. 쭉 찢은 공책에 삐뚤빼뚤 써 내려간 악필의 쪽지와 함께.

함께 주신 간식 잘 먹었습니다. 정말 맛있었어요.
저야말로 늘 친구들을 불러 시끄럽게 해서 죄송할 따름입니다.
새벽에 있었던 일은 신경 쓰지 않으셔도 괜찮습니다. 다들 그런 날이 있으니까요.
그럼, 앞으로도 이웃으로 잘 부탁드리겠습니다.

야마자키 씨와 나는 밖에서 만났을 때 단 한 번도 살갑게 인사를 나눈 적이 없다. 둘 다 그저 뻣뻣하게 고개를 까딱거

릴 뿐이었다. 각자의 방에서 열리는 미니 콘서트와는 정반대로 밖에서 우리는 아주 무뚝뚝했으며, 부끄러움을 많이 탔다. 그러나 그날 야마자키 씨가 건네준 조그마한 노래는 내 평생 잊지 못할 큰 위로로 남았다.

오겡끼데스까, 야마자키 상.
저는 덕분에 잘 지내고 있어요. 그때는 정말 고마웠습니다.

행복한 게 장이야

한 사람이 오는 것은 그 사람의 삶 전체가 오는 것이라고 했던가. 나에게도 다른 누군가의 삶이 스펀지처럼 스며들었던 적이 있다.

우리는 그 아이의 이름처럼 몹시 추운 날 만났다. 그날 나는 추위에 떠는 길고양이를 몇 번이나 쓰다듬었고, 그렇게 고양이에 정신이 팔려 있었다. 한참을 길에서 기다리던 그 애는 코트를 입고 있으면서도 추웠는지 몸을 떨며 손을 호호 불어댔다. 살포시 잡은 손이 얼음장같이 차가웠다. 그 애는 새끼손톱에만 매니큐어를 바른 내 손을 보더니 작고 귀엽다며 웃어댔다.

덜컹거리는 전철을 타고 바다에 갔다. '얘는 이런 멋진 풍경을 보며 학교에 다녀서 이렇게 멋있는 건가' 하고 생각했다. 50년은 족히 넘어 보이는 홍차 전문점에 들어가 차를 마시며 각자 자기 이름에 관한 이야기, 좋아하는 그림에 관한 이야기, 꿀벌이 똥을 싸면 꿀이 나온다는 이야기, 처자식이 딸린 착한 아빠 바퀴벌레가 있다면 편의를 봐줘야 할지도 모른다는 이야기를 했다.

"내 이름에는 여름이 있는데, 너한테는 겨울이 있네."
"그러게, 그럼 이제 우리는 안 덥고 안 춥겠네."

나는 그 애가 내 앞에서 멍청한 춤을 추는 모습이 좋았다. 어디서 이상한 모자를 얻어 와서는 허리를 굽히며 노신사처럼 인사하는 연기도 좋았다. 그 애의 빙구웃음은 내가 본 그 어떤 웃음보다 따뜻했다. 그 아이가 살아온 삶은 조금 퍽퍽하면서도 고소한 맛이 나는 인절미 같았는데, 나는 아기처럼 엉엉 우는 그 애의 모습도 참 좋았다. 그 애가 안고 있는 우울과 슬픔마저, 나는 좋았다.

우리는 그해 봄, 가장 예쁜 벚꽃을 봤다. 자그마한 역사에 흐드러지게 핀 벚꽃이 바람에 흔들리자 강이 연분홍색으로 물들었다.

그러나 인절미도 많이 먹으면 목이 막히고, 벚꽃도 비가 오면 모두 져 버리듯 우리도 서서히 끝을 맞이하고 있었다. 나를 녹이던 빙구웃음도, 까르르 웃게 하던 바보 같은 춤과 연기도 모두 사라졌다. 연분홍색이던 일상은 회색으로 변했다. 울리지 않는 휴대폰과 적막이 흐르는 방. 나는 덩그러니 혼자 남았다. 조용한 방이 싫어 텔레비전 드라마를 틀어 놓고는 그저 멍하니 침대에 누워 천장에 하나둘 아른거리는 잔무늬를 셀 뿐이었다. 아무것도 하고 싶지 않고 아무것도 먹고 싶지 않았다.

'왜 먹기가 싫지? 남들은 슬플 때 맛있는 음식을 먹는다던데.'

부엌에서 음식물 쓰레기가 나오는 일은 없었다. 싱크대도 물기 하나 없이 아주 깨끗했다. 테이블에 쌓여 가는 것은 양념 묻은 그릇이 아니라 먼지와 찌그러진 생수병뿐이었다. 물만으로도 인간은 생명을 유지할 수 있다는 사실을 실감했다. 정수리와 손톱 밑, 눈에서 푸른 잎사귀가 자라지는 않을까 마음에 없는 걱정도 해 보았다.

맛있는 요리를 먹으면 뭘 하나. 시원한 음료수를 마시면 뭘 하나. 그런 사치는 내게 무의미했다. 어떤 산해진미를 눈앞에 대령해도 행복해지지 않을 텐데 다 무슨 소용이람.

그러던 어느 날, 친구에게서 전화가 걸려왔다.

"밥은 잘 챙겨 먹고 있어?"

"기분이 안 좋아서 먹기 싫어."

"그럴 때 꼭 무지막지하게 맛있는 음식을 먹을 필요는 없대. 아무도 챙겨 줄 사람이 없으면 자기가 챙겨야지."

"그건 아는데, 그럴 힘이 없어."

"혹시 모르잖아. 음식을 해 먹으면 기분이 좀 좋아질지도? 정성껏 준비해서 먹으면 누군가한테 대접받는 거랑 똑같다고 하던데…. 안 거창해도 되니까 간단하게라도 만들어 먹어 봐. 야, 난 맛있는 거 먹을 때가 젤 행복하더라. 뭘 하든 내가 행복한 게 짱이야."

전화를 끊은 나는 귀신에 홀린 듯 일어나 부엌을 뒤적거렸다.

몇 달 전에 사 놓은 납작한 파스타 면을 발견했다. 냉장고 안에는 아무것도 없었다. 주섬주섬 옷을 입고는 집 앞 편의점으로 향했다. 우유와 계란, 치즈, 베이컨, 버섯, 토마토 등을 사 왔다. 얼마 만에 장을 본 것인지 알 수 없었다.

냄비에 물을 넣어 면을 삶았다. 정확히 8분 후, 삶은 면을 건져 올려 올리브유를 뿌리고 살살 저은 후, 끓고 있던 크림 소스에 면을 투척해 양념이 골고루 배도록 가볍게 볶았다. 조각난 베이컨과 버섯이 면을 타고 넘실거렸다. 타닥타닥 뿌

얀 크림소스가 냄비 위로 튀어 오를 때쯤, 불을 끄고 집게를 이용해 넓은 접시에 예쁘게 담아 올렸다. 마지막으로 반으로 자른 방울토마토를 올렸다.

아주 오랜만에 식사를 차렸다. 김이 모락모락 피어나는 크림 파스타. 소스가 듬뿍 묻은 면을 포크로 돌돌 말아 숟가락에 올려놓았다. 입을 벌리고는 면을 한 올, 한 올 씹어 삼켰다. 나는 아직도 그 순간 왜 눈물이 터졌는지 잘 이해가 되지 않는다. 오랜만에 먹은 밥 다운 밥이 맛있어서였을까? 아니면 내 안의 미세한 감정들이 어느 순간 제자리를 찾았기 때문이었을까? 알 수 없다. 볼을 타고 흐르는 두 줄, 세 줄 눈물이 얼굴을 볼품없이 만들었다.

직접 만든 파스타를 먹으며 생각했다. 우리는 여름과 겨울이라 쭉 함께할 수 없고, 언젠가 각자의 계절로 돌아가야 한다고. 그 시간은 지났지만, 그동안 많이 웃었고 많이 행복했으니 그래도 썩 괜찮은 나날이었다고.

그리고 이제는 나를 위한 파스타를 만들어야 한다는 사실을 깨달았다. 그것은 이제 혼자서 행복을 만들어 가야 한다는 것을 의미했다. 혼자 만드는 행복도 그렇게 나쁘지 않을 것 같았다.

그렇다. 내가 행복한 게 짱이었다.

불가능은 없다, 그저 되게 할 뿐

"다다음 주까지 작성해서 내도록."

교수님의 손에 무시무시한 종이가 들려 있었다. 이름하야 '졸업 작품 계획서'. 작품의 모티브와 평소 자신이 생각하던 작품 세계, 그에 대한 해설, 작품에 대한 프로세스를 구체적으로 적어서 제출해야 했다.

4년간, 아니 더 어릴 때부터 그림을 그려 왔지만 뭘 그려야 할지 머릿속에 떠오르는 건 커다란 물음표뿐이었다.

'현재 제 마음속에 떠오르는 거대한 물음표를 시각화해 보았습니다. 천연 석채를 사용해 인위적이지 않은 순수한 궁금증을 표현했습니다.'

헛소리를 지껄이고 싶었지만, 나는 반드시 졸업해야만 했다.

외국에서 학교를 다녔기 때문에 더 엄격히 나 자신을 관리했다. 고등학생 때보다 더 열심히 공부했고 더 좋은 성적을 받았다. 많이 놀아 보지 못한 것이 조금 억울하기는 하지만 어쩔 도리가 없었다.

"으어어어어, 으아아아."
다행이었다. 늘 옆자리에서 묵묵히 그림을 그리던 친구도 나와 같은 심정인 것을 단번에 알 수 있었다. 우리는 모두 침울해졌다. 4년간 배운 지식과 기술로 자신의 작품 세계를 집대성해 보라는 것이 졸업 작품의 목표이자 의의임을 안다. 그러나 말이 쉬워 집대성이지 그건 학식 높고 유능한 학자들이나 하는 것 아닌가? 우리는 그런 위대한 작가가 아니라, 이제 막 대학 졸업을 앞둔 꼬꼬마들이었다. 그냥 그리고 싶었던 테마를 그리면 되는 걸까? 아니면 좀 더 형이상학적이고 철학적인 의미를 담아야 하는 걸까?

고민만 한 게 전부인데, 시간은 정말 쏜살같이 흘러갔다. 더는 미룰 수 없는 지경까지 와 버린 순간. 결단을 내려야만 했다. 도망칠 곳도, 미룰 수 있는 기한도 없었다. 평소에 그리고 싶었던 테마를 정리해 계획서를 제출했고, 바라고 바라던 작업에 착수했다.

"흐음…. 이 테마는 너무 상업적이지 않나? 좀 더 깊고 사회적인 의미가 담기면 좋겠는데."

당연히 제시간에 맞출 수 있겠다고 생각하며 그리던 나의 졸업 작품이, 다른 교수님의 한 마디에 죄다 물거품이 되고 말았다. 처음 컨펌한 교수님과는 작품 스타일이 정반대편에 있던 다른 한 교수님이 작업 중이던 내 그림에 반려 의견을 낸 것이다. 전시회까지 앞으로 딱 3개월. 정말 말도 안 되는 미친 일이었다. 그날 친구들은 무너져 내리는 나의 억장을 다시 주워 담고자 거한 위로주를 사 주었다.

위로주를 얻어 마신 이상, 어떻게든 힘을 내야만 했다. 나는 마치 초사이언이 된 듯 밤새 머리를 쥐어 뜯어가며 계획서를 다시 썼고, 고생 끝에 두 교수님 모두에게 오케이 사인을 받았다. 종이와 재료를 다시 주문하고, 친구들에게 도움을 받아 내 키보다 큰 패널에 배접도 무사히 끝냈다.

남은 시간이 얼마 없었다. 나에게는 그 시간 안에 졸업 작품의 완성도를 높여야 한다는 참으로 어려운 과제가 하나 더 생긴 셈이었다. 그러나 촉박한 시간과 실력에 대한 회의감으로 나는 점점 움츠러들었다. 작업을 계속 이어가던 친구들도 힘들기는 마찬가지였다. 모두가 지쳐 있었기에, 우리는 서로

가 느끼는 답답함과 초조함에 대해 말하는 것이 매우 조심스러웠다. 평소와 달리 아주 예민하게 가시가 돋친 친구도 있었다. 머리를 감지 않은 서로의 모습, 실습실에서 다 쉬어 빠진 콩나물처럼 불쌍하게 웅크리고 자는 모습에 익숙해져 가고 있었다.

실습실에서 한 칸 건너 창문 쪽에 자리 잡고 작업 중인 친구 M과 이야기했다. M은 피폐해진 정신으로 물감이 묻은 붓을 허공에 이리저리 흔들고 있었다. 꼭 행위예술가 같았다. 그래, 너도 많이 지쳐 있구나….

"야, 야, 졸업 그냥 다 때려치워! 허허허."

"졸업 안 하면 뭐 하게?"

우리의 이야기를 듣고 삼삼오오 다른 친구들이 창가로 모여들었다. 어느새 인원은 두, 세 명에서 예닐곱 명으로 늘어났다.

"나 어제 번져서 판 다시 갈았잖아. 망한 듯."

"캬! 같이 망해서 다행이다! 우리 모두 5학년 예약!"

우리 과는 정말이지 모두 다 사이가 좋았다.

그러자 저쪽 문에서 조교 언니의 우렁찬 목소리가 들려왔다.

"얘들아! 허튼소리 하지 마!"

우리는 마치 무언가에 조종이라도 당하듯 일제히 문 쪽으로 고개를 돌렸다.

"못 하는 게 아니야!"

"그냥 하는 거야!"

"묵묵히, 그냥 되게 하는 거라고!!!"

다소 거친 격려에 우리는 잠시 얼어붙었다. 그 목소리는, 이미 앞을 먼저 걸어가 본 사람의 눈물과 땀이 섞인 진심 어린 조언이었다. 그리고 다시 깨달았다. 졸업해야만 한다는 것을.

그래, 해야지 어쩔 건데.

조교 언니는 그 말만 남기고 다시 바람처럼 유유히 사라졌다. 하지만 그녀가 남긴 말은 우리 마음속에 깊이 새겨져 반짝이는 등대가 되었다.

그날부터 우리는 다시 정신을 단단히 조여 맸다.

새벽에 일어나 도시락을 싸 학교에 왔다. 맑은 공기가 그렇게 맛있을 줄이야.

"욘사마, 어서 와!"

삐걱거리는 실습실 문을 열자 먼저 온 친구들이 큰 소리로 반겨 주었다. 우리는 같이 도시락을 먹고 기합을 넣으며 질끈 앞치마 끈을 묶었다. 작업 도중 다른 친구는 편의점에 가서 초콜릿과 과자를 사 오고 또 다른 친구는 음료수를 사 왔다. 과자를 입에 넣고 우물거리며 그림을 그리는 느낌이 썩 나쁘지 않았다. 꾸벅꾸벅 졸음이 몰려올 때는 붓으로 엉덩이를 쿡쿡 찔러 주기도 하고 일부러 요상한 춤을 추기도 했다.

무겁고 답답한 공기만 감돌던 실습실이 사람들의 웃음소리와 맛있는 냄새로 가득 찼다. 조교 언니의 짧지만 강한 조언으로 실습실에 다시 활기가 넘쳐흐르게 된 것이다. 마치 축제 같았다.

우리는 그렇게 서로 도와가며 졸업을 맞이하고 있었다.

시간이 흐르고, 전시회는 무사히 개최되었다. 그곳에는 한 명의 낙오자도 없었다. 한 번 반려된 후 겨우겨우 완성한 내 졸업 작품은 뜻밖에도 상을 받았고, 친구들도 모두 기뻐해 주었다. 모두가 있어 받을 수 있었던 상이라고 생각한다. 전시회가 끝난 후 졸업 기념으로 다 같이 여행을 다녀오기도 했다. 맑은 새벽 공기와 친구들이 싸 온 도시락 냄새, 실습실의 재료 냄새, 까르르 넘어가던 웃음소리는 오늘도 내 청춘의 한 페이지에 아름답게 기록되어 있다.

요즘도 힘들거나 포기하고 싶은 순간이 찾아오면 나는 조교 언니의 말을 떠올린다. 불가능이란 없고 그저 묵묵히, 그저 되게 하라던 그 말을.

"못 하는 게 아니야!"
"그냥 하는 거야!"
"묵묵히, 그냥 되게 하는 거지!!!"

오늘 대충이라도 시작합시다

나의 꿈은 만화가였다. 아주 어렸을 때부터 텔레비전에 나오는 만화 속 캐릭터를 좋아했고 곧장 따라 그리곤 했다. 비디오 대여점에서 디즈니 영화를 빌려 테이프가 늘어질 때까지 감상하기도 했다.

초등학생이 된 후로는 만화책을 쌓아 두고 읽었다. 원래 책 자체를 좋아하기도 했지만, 특히 만화책을 유독 많이 읽었다. 장르를 불문하고 다양한 만화책을 읽으며 연습장에 내가 아끼는 '최애' 캐릭터들을 그리기도 하고, 짤막한 만화를 그려 친구들에게 보여 주기도 했다. 중학교를 졸업하고 고등학생이 될 때까지 아주 오랫동안 그림을 그렸고, 자연스럽게 만화가나 일러스트레이터가 되고 싶다고 생각했다.

그래서 나는 만화가가 되었을까? 슬프게도 꿈은 꿈으로 끝났다. 대학에서 그림을 공부했지만 만화를 그리지는 않는다. 현재 하는 일도 만화와는 동떨어져 있다. 커가면서 현실의 벽에 부딪혔고, 어느 순간 꿈을 포기했다. 그림이나 음악, 운동 등을 하고자 할 때 가장 걱정하는 부분은 바로 '재능'이다. 예술 쪽으로 진로를 생각해 본 사람이라면 누구나 공감할 것이다. 그런 측면에서 나는 그림을 썩 잘 그리는 편이 아니었다.

별 소득 없는 회의를 하고 외국어로 점철된 업무 메일을 보낸 후 보람 없이 집으로 돌아오면, 늘 가 보지 못한 그 길에 대한 후회와 아쉬움으로 밤잠을 설쳤다. 안 가본 길이 더 아쉽고 눈에 아른거리는 것처럼, 나의 꿈도 그러했다. 그러면서 혼자 속으로 다짐하곤 했다.
'언젠가는 다시 그려야지.'
'좀 더 실력을 쌓아서 꼭 다시 그려야지.'

그러나 그 '언젠가'는 언제까지나 '언젠가'로 남아 있을 뿐이었다. 그러면서 마음 한편에서는 이상한 안도감을 느끼기도 했다. '아직 제대로 시작하지 않았을 뿐, 실력을 쌓아 미래에 다시 도전하면 잘될 거야'라는. 조금 찝찝해도 어쨌든 현재에 안주할 수 있었다.

그러는 사이 시대는 변하고 유행하는 매체도 바뀌었다. 예전보다 더 많은 사람의 그림이 세상 밖으로 고개를 내밀었다. 나도 다시 그림을 그리고 싶었다. 하지만 여전히 한 가지 생각이 머릿속을 떠나지 않았다.

'잘 그리지도 못한 그림을 누가 봐 주기나 할까? 세상에 잘 그린 그림이 얼마나 많고, 실력자는 또 얼마나 많은데. 누가 나를 전공자라고 믿겠냐고…. 더 연습해서 잘 그리게 되면 그때 그려야지. 나는 아직 젊으니까….'

실력이 있든 없든 누구나 그림을 그리고 전시할 수 있는 시대에 나는 자신감 부족이라는 덫에 걸리고 말았다. 이 덫에 걸려 아무 시도도 하지 못한 채 시간은 또 무한히 흘렀다. 사 놓고 펼쳐 보지도 않은 드로잉이나 채색 관련 책이 시간과 함께 차곡차곡 쌓여갈 뿐이었다.

"아!"

어느 일요일 오후, 침대에 누워 멍하니 텔레비전을 보다가 문득 용기 없는 나 자신에게 엄청난 권태로움과 짜증, 분노를 느꼈다. 몇 년간의 한심함이 폭발한 것이다.

'야, 정신 차려. 이러다가 죽을 때까지 못 그리겠다. 관짝에 들어가서 그리려고? 개성이 중요한 세상인데 못 해야 본전이지. 아, 몰라, 몰라! 못 그리면 어쩔 건데. 체포라도 할 건가?'

그때부터 나는 앞만 보는 경주마로 변신했다. 뭐라도 좋으니 그림을 그리고 싶었다. 어릴 때부터 갖고 있던 태블릿을 컴퓨터에 연결했다. 회색빛이 도는 아주 오래된 태블릿이었다. 펜을 다시 손에 쥐자 가슴이 요동치기 시작했다. 두근두근!

시간 가는 줄 모르고 콘티를 짰다. 깔끔하지 않아도 시원하게 뻗어 나가는 선이 아주 기분 좋았다. 콘티를 완성한 후에는 스케치를 하고 외각선을 땄다. 나의 오래된 태블릿은 몇 년이나 그림을 그리지 않아 뻣뻣해진 나의 손처럼 필압 기능이 많이 떨어져 있었다. 하지만 조심조심 선을 따는 일도 꽤 즐거웠다. 간단히 색을 채워 넣고 말풍선도 그려 넣으니 얼추 만화다운 만화가 완성되었다.

다음엔 또 어떤 에피소드를 그릴지 머리를 싸매면서 고민하고, 생각난 아이디어는 놓치지 않기 위해 바로바로 메모했다.

'그래, 나는 이걸 참 좋아했는데….'

그렇게 몇 날 며칠, 한동안 만화 그리기에 열중했다. 퇴근 후 새벽 3시까지 만화를 그려도 다음 날 하나도 피곤하지 않은, 실로 마법과도 같은 경험이었다.

소소하게 업로드한 나의 소박한 생활툰에 조금씩 별점과

응원이 쌓여 갔다. 잘 그린 그림은 아니었지만 귀엽다는 평가를 받았다. 저금통장의 이자처럼 조금씩 쌓여 가는 댓글이 내 마음을 부자로 만들었다. 정치적인 만화는 아니었지만, 정치 성향이 맞지 않는 사람들에게 별점 테러를 당한 일도 있었다. 조금 우습지만 그 별점 테러마저 참 기뻤다.

'도대체 난 뭐가 그렇게 무서웠을까?'
지금 생각해 보면 어이없는 웃음만 나온다.

준비되었을 때 시작하려 하면 아무것도 시작할 수 없다. 준비의 또 다른 이름은 두려움이기 때문이다. 이 사실을 조금만 더 일찍 알았더라면 몇 년이라는 세월을 그냥 허무하게 흘려보내는 일은 없었을 텐데. 아쉬움이 남는다.
덕분에 이제 나는 무언가를 시작하는 것이 두렵지 않다. 모든 것이 준비된 완벽한 내일은 없으니까. 그저 대충이라도 좋으니, 오늘 무언가를 시작하는 것이 훨씬 중요하다.

그건 그때 나의 최선이었어

"내가 누군가랑 같이 있어도 되는 사람인지 잘 모르겠어."
그는 늘 이렇게 말했다.

Y는 자신에게 어떤 문제가 생기면 깊숙한 동굴을 파고 그
안에 들어가 생각에 잠겼다. 그를 누구보다 아끼는 사람으로
서 자세한 내막을 듣고 싶었지만 어떤 말도 들을 수 없었다.
사람마다 문제에 직면했을 때 대처 방법이 모두 다르다는 것
은 알지만 나는 그런 그의 행동들이 못내 섭섭했다.
  우리가 함께하는 긴 시간 동안 Y는 몇 번이나 동굴에 숨어
들었고, 몇 번이나 나와 현실로부터 도망쳤다.

  그것은 누군가의 끊임없는 회피와 변덕을 견디는 일이었

다. 물론 나도 불안하고 변덕스러운 사람이었지만, Y는 흡사 왕가위 감독의 영화 〈해피투게더〉에 나오는 보영과도 같았다. 〈아비정전〉의 주인공 아비의 모습과도 겹쳐지는 듯했다. 나는 또 언제 그가 동굴에 들어갈지, 언제 다시 내 곁을 떠나려 할지 초조하고 불안했다. 보영을 바라보는 아휘의 마음이 분명 이러했을 것이다. 내가 할 수 있는 건 그저 그 자리에 가만히 있는 것, 돌아올 한 사람이 되어 주는 것뿐이었다. 발 없는 새가 내게 내려앉아 쉬어주길 간절히 바랄 뿐이었다.

우리는 오랜 시간 같은 순간을 공유했고 아직 다가오지 않은 미래를 가슴 설레며 그려 보기도 했다. 투닥거리며 싸우는 날도 많았지만 그래도 우리는 썩 괜찮은 한 팀이었다.
Y도 나의 고약한 성격 탓에 골머리를 앓았다. 우리는 많이 싸우고 많이 울었다. 싸우다가 옷이 늘어나거나 찢어지기도 했다. 덧붙이자면 옷이 늘어지고 찢어지는 쪽은 늘 Y였다. 그래도 우리는 그만큼 많이 웃었고, 서로를 아주 많이 아꼈다. 많이. 아주 많이.

비가 추적추적 내리던 어느 날 Y는 담담한 목소리로 내게 가슴 뭉클한 고백을 했다.
'이제는 괜찮겠지. 쭉 내 옆에 있겠지.'
우리는 또 같이 모바일 게임을 하고, 웃긴 인터넷 밈을 보며 낄낄거렸다. Y가 구운 노릇노릇한 만두를 먹으며 텔레비전을 봤다.

이제는 정말 평화로운 일상만이 이어질 것 같았다.

1년쯤 지났을 무렵일까, 그 생각이 터무니없는 것이었음을 깨닫게 되는 일이 터지고 말았다.

"역시 나는 혼자가 맞는 사람인가 봐. 지금까지 고마웠고 또 미안했어. 너는 내가 쉴 수 있었던 유일한 사람이야. 진짜, 세상에서 제일 사랑하는 단 한 사람이야. 안녕, 잘 지내."

Y는 다시 무언가로부터 도망쳤고, 나는 덩그러니 혼자 남았다. 언젠가 또 도망칠지 모른다고 예상했지만, 아니, 어쩌면 나는 어딘가 마음을 놓고 있었던 것일지도 모른다. 그렇게 내 세상은 파괴됐다. 소박하게 꿈꾸던 내일은 마치 처음부터 없었던 일처럼 사라졌고, 그 자리에는 사라진 내일을 꿈꾸던 한 사람만 남아 있을 뿐이었다. 내일이라는 말이, 밑도 끝도 없이 미워지는 날들이었다.

그 후 며칠이 지났을까, Y에게서 다시 연락이 왔다.
"그래도 미래를 그리면 거기엔 너밖에 없어. 미안해. 정말 미안해. 다시는 상처 주지 않을게. 이제 절대로 무섭다고 너만 놔두고 도망가지 않을게. 맹세할게. 네가 내 세상의 전부인 것처럼 그렇게 살게. 너한테 받은 만큼 다른 누구한테도 못 받을 거야. 너를 좋아했던 만큼 다른 누구도 좋아하지 못할 거야. 너는 내 마지막 세상에서 제일 좋아하는 사람이야. 너한테 준 상처, 내가 평생 갚으면서 살게."

머리가, 마음이 터질 것 같았다. 어떤 선택을 내려야 하는 걸까. 그날 Y는 수없이 우리 집 벨을 눌렀고, 나는 인터폰 너머 보이는 눈물범벅이 된 Y의 얼굴을 보며 입을 틀어막고 주저앉아 울었다.

내가 본 Y의 마지막 얼굴이었다.

가끔 아직도 그때 문을 열어 줬더라면 어땠을까 생각한다. 몇 번을 기다리고 이해했던 것이니, 눈을 질끈 감고 한 번만 더 Y에게 문을 열어줬더라면 우리는 달라졌을까? 여전히 시시콜콜한 농담을 하며 한 손에는 아이스크림을 쥐고 익숙한 길을 같이 걷고 있지 않을까?

삶은 선택의 연속이라고 한다. 어찌 보면 선택하는 과정 자체가 인생인지도 모른다. 우리는 늘 옳은 선택만 하며 살아가고 있을까. 모든 선택에 만족할까? 답은 당연히 '아니오'다.

그리고 그 '아니오'와 함께 항상 후회와 미련이 뒤따른다.

  그 당시 문을 열지 않았던 나의 선택은 온 힘과 영혼을 갈
아 넣어 고민하고 울었던 결과였다. 나는 그럴 수밖에 없었
다. 그러지 말았어야 할 순간에 동굴로 도망치는 그 사람을
다시 한번 믿어 줄 힘이 내겐 없었다. 이미 에너지가 고갈된
상태였기 때문이다. 밑져야 본전이 될 수 없었다. 그때의 나
는 문을 열 수 있는 상태가 아니었으니까.
  나에게 너무 가혹해지지 않기로 했다. 어떤 선택이든, 그
선택에 어떤 결과가 따라오든, 그 순간 어떻게든 결정을 내
린 나를 칭찬해 주고 싶다.

  "그건 그때 나의 최선이었어."
  "잘했어."

흐르는 강물처럼

삶의 어느 페이지에서 내가 그저 바다 위를 떠다니는 보잘 것없는 판자 같다고 생각되는 순간이 있다. 열심히 공부했지만 생각보다 성적이 좋지 않았을 때, 잘 요리한 애정을 대접해도 상대방이 그것을 소화해내지 못할 때, 무엇을 잘못했는지도 모른 채 옆에 있던 사람이 거리를 둘 때 그런 생각이 든다. 누구에게나 자신이 어찌할 수 없는 순간이 찾아오기 마련이다.

내가 무기력한 판자 같다고 생각한 최초의 순간은 중학생 때였다.

엄마와 아빠는 주말 부부였다. 당시 나는 엄마와 둘이 살았는데, 아빠의 지원이 거의 없었던 탓에 혼자서 나를 키우다시피 한 엄마는 심리적으로나 경제적으로나 아주 힘든 시기를 보내고 있었다.

사춘기였던 나는 그림을 하고 싶다는 이유로 힘든 엄마와 종종 다퉜다. 그러던 어느 날 엄마는 굳게 결심한 듯 칼같이 날카로운 표정을 지으며 말했다.

"아빠한테 가서 살아."

청천벽력 같은 말이었다.

아무리 철없는 소리를 했다고 하더라도 여기를 떠나 아빠한테 가라니. 엄마가 늘 하던 인연을 끊자던 말이 진짜가 되면 어떡하지? 그건 나를 버리겠다는 말 아닌가?

잠도 자지 않고 새벽까지 커터 칼로 종잇조각을 잘라내며 멍하니 생각의 늪에 잠겼다.

어슴푸레하던 집 안의 밝기, 쥐 죽은 듯한 정적 등 그날의 모든 서늘한 이미지를 아직도 생생하게 기억하고 있다.

새벽, 나는 굳게 마음먹고 엄마의 방문을 열어 자고 있던 엄마를 깨웠다.

"나 친구들이랑도 헤어지기 싫고, 아직 엄마랑 같이 있고 싶어. 이제 안 그럴게. 여기서 엄마랑 같이 살면 안 돼?"

말을 하며 울었는지 울지 않았는지는 잘 기억나지 않는다.

그러나 기대와 달리 엄마의 대답은 냉정했다.

"안 돼. 아빠한테 가."

내가 본 엄마의 가장 단호한 모습이었다. 그 후 방 안에는 침묵만이 감돌았다. 그리고 직감했다. 끝났다는 것을. 고개를 떨구고 힘없이 방으로 돌아갔다. 눈물은 나지 않았다.
'아, 안 되는구나. 엄마는 이제 돌아섰구나.'

결론적으로 나는 아빠가 있는 곳으로 전학을 왔고, 지금까지 잘 살고 있다. 이사 온 직후에는 적응하기 힘들어서 우울해하거나 이전 학교 친구들과 연락하기 일쑤였지만, 시간이 지나면서 새로운 친구도 많이 생겼고, 어찌 되었든 엄마 아빠와도 좋은 관계를 유지하고 있다. 자식이 받을 사랑도 온전히 받으면서 말이다.

그로부터 시간이 많이 흐른 지금은 당시 엄마의 마음을 이해한다. 딸인 내가 엄마의 마음을 100% 이해한다는 것은 불가능하겠지만, 어떤 심정이었을지 반의반이나마 헤아려 보고 있다. 버림받았다고 생각하지 않는다. 아직도 가끔 그때의 감정이 울컥 밀려올 때가 있지만 엄마 역시 그때는 어쩔 수 없었다고 나를 다독인다. 당시 엄마의 경제력은 내가 그림 공부를 하도록 뒷받침해 줄 수 있는 정도가 아니었다. 성적도 아주 좋은 편이었으니 혼자서 딸을 키우는 마음에 참

아까웠을 것이다. 둘 모두를 위한 선택이었다며 나보다 더 슬펐다는 엄마의 말도 이제는 믿을 수 있게 되었다.

그 사건 이후 다양한 인간관계 속에서 여러 번의 판자 체험을 했다. 우리는 많은 경우, 자신의 힘으로는 도저히 어쩔 수 없는 상황과 마주하게 된다. 주룩주룩 눈물 흘려도, 발을 동동 구르며 때 써도 소용없다. 아무것도 할 수 있는 일이 없으니 마음만 새까맣게 타들어 갈 뿐이다. 힘들지만 그럴 때는 이렇게 생각해 본다.

'아, 나는 지금 망했구나. 겁나 망해 버렸구나. 그러면 폭삭 망해 버린 이 상황에 어떻게 적응하고 앞으로 나아가면 될까.'

주어진 상황에서 최선을 다하되, 담담하게 현재의 '망한' 상황을 받아들이도록 노력해보는 것이다. 그렇게 한 걸음 물러나 객관적으로 상황을 바라보는 게 훨씬 나은 것 같다.

원하지 않는 일이 일어나면 흐르는 상황에 몸을 맡기자. 발버둥 치면 더 엄한 곳으로 흘러갈 위험이 있으니 온몸에 힘을 빼고 물이 흐르는 대로 흘러가는 것이다. 물론 이때는 자신이 할 수 있는 모든 노력을 했다는 전제가 필요하다. 그렇게 흘러가다 보면 상류에서 중류로, 중류에서 하류로 떠내려온다. 급하고 거센 물결을 지나, 온화하고 잔잔한 곳에 도착한다.

그런 다음 거기서부터 다시 앞날을 모색하는 것이다. 이때는 상류에서 몸부림쳤던 것만큼의 많은 힘이 필요치 않다. 조금만 힘을 내면 고요한 물결을 가르며 가고자 하는 방향으로 뱃머리를 돌릴 수 있다. 판자에서 작은 배가 되는 것이다.

그러면 길이 다시 보이기 시작한다.

저는 이쪽 길로 가겠습니다

대학에서 순수 미술을 공부했다. 철학과 학생도 걱정해 주는 순수 미술. 디자인도 아닌 순수 미술. 하지만 학교에 다니는 동안 나는 무척 즐거웠다. 그러나 졸업이 다가올수록 주위에서 한마디씩 걱정을 보태기 시작했다.

"그 전공으로 뭐 할래?"

"요새 그림 그려서 밥은 먹고 사니?"

개중에는 내가 안타까웠는지 안정된 회사에 취직하라거나 일찌감치 공무원 시험을 준비하라는 사람도 있었다. 걱정은 정말 고맙지만, 혼자 고민하기도 벅찬 상황에서 그런 충고와 염려들은 나를 더 불안하게 만들었다. 사회에서 말하는 안정적인 길을 벗어난 건 아닌지, 내 인생이 실패작이 되는 건 아닌지 여러 생각이 머릿속을 맴돌았다.

더는 그런 걱정 섞인 소리가 듣기 싫어 20대의 끝자락에 살던 곳을 떠나 한 회사에 취직했다. 내가 가진 특기를 살릴 수 있는 곳이었고, 그 일을 좋아한다고 믿었다. 이 일이라면 '그나마' 할 만하다고 생각했다.

나는 그곳의 막내 직원이었다. 서툴지만 열심히 일을 배웠다. 늘 같은 시간에 일어나 출근하고, 정해진 시간에 정해진 서류를 작성해 정해진 거래처에 보냈다. 서류를 만드는 내 손에서 몇억이라는 돈이 왔다 갔다 했고, 서류가 잘못되기라도 하는 날에는 새벽이라도 부리나케 일어나 다시 회사로 향해야 했다. 특수한 상황을 제외하고는 '정해진 루틴'이 있었다. 그때까지는 그래도 적성에 맞는 일이라며 자신을 속였다.

하지만 시간이 흐를수록 무언가 이상한 느낌이 들었다. 내가 나인 것 같지 않은 아주 이상한 감각이었다. 신기한 약을 먹고 거인이 된 앨리스가 작은 집에 갇혀 있는 느낌이 그런 것이었을까? 사이즈가 맞지 않는 옷을 입고 억지로 거리를 걷고 있는 느낌과도 비슷했다.

그때부터 일하거나 밥을 먹는 동안 '나'라는 사람에 대해 깊이 생각해 보았다.

유치원이나 초등학교 미술 시간에 앞으로 무엇이 되고 싶은지 장래 희망을 그림으로 그리는 수업이 참 많았다. 시간이 흘러 중학생이 되었을 때는 담임선생님이 진로 탐색이나 진로 조사라는 다소 어려운 주제가 담긴 종이를 건넸다. 어릴 때는 도화지에 화가나 가수가 된 내 모습을 그렸고, 중·고등학교에 진학한 후에는 일러스트레이터나 작가, 애니메이션 감독 등을 적어 제출했다.

그러다가 묘한 공통점을 발견했다. 그것은 바로 하나도 '안정적인 직업'이 없었다는 사실이다.

자신을 되돌아볼 필요가 있다고 느꼈다. 나는 어떤 사람인가. 어쩌면 지금까지 적어냈던 꿈들이 나를 설명해 줄지도 모른다는 생각이 들었다. 정해진 틀 안에서 규칙적인 일을 하는 것보다, 스스로 계획하고 무언가를 표현하며 에너지를 발산하는 일이 적성에 맞는 것 같았다. 그러니 책상에 가만히 앉아 매일 똑같은 서류를 만드는 일이 성에 찰 리 없었다. 세상에는 다양한 사람이 있고 그중 누군가는 규칙을 만들고 그에 따르며 안정적으로 세상을 운영한다. 다른 누군가는 규칙들을 깨고 다른 각도에서 세상을 바라보며 정체되지 않도록 변화를 주는 역할을 한다. 그중에 틀리거나 이상한 역할은 없다. 모두 필요한 일 아닐까? 조금 거창하게 말했지만, 나는 어쩌면 후자에 가까운 인간이 아닐까 싶었다.

그것을 깨닫고 난 후 미련 없이 회사를 나왔다. 그동안 응급실에도 몇 번 갔던 터라 이러다가는 월급보다 병원비가 더 많이 나올지도 모른다는 두려움도 있었다. 응급실에 있는 딸을 위해 멀리서 달려와 주는 아빠에게도 참 미안했다.

그 후 하고 싶었던 공부를 시작했다. 그림을 그리고 글을 쓰며 강의를 나간다. 다시 한번 많은 시간과 돈이 들었고 남들보다 늦게 자리를 잡게 되었지만, 예전처럼 가시방석에 앉은 듯한 불안감은 사라졌다. 무엇보다 신기한 것은 대학에서 공부했던 것, 회사에서 배웠던 것이 전혀 쓸모없는 일이 아니었다는 사실이다. 그것들은 모두 새로 시작한 일에 기초 지식이 되거나 양념처럼 곁들여져 결과물을 더 풍성하게 만들어 주었다.

"너는 사회가 정해 준 길을 벗어나서 좀 이상한 방향으로 나간 사람 같아. 나쁘게 말하면 낙오자고 좋게 말하면 여행자 같은 느낌?"

어느 날 지인이 내게 건넨 말이다. 일리 있는 말이라고 생각했다.

다른 사람들과 같은 길을 갔더라면 더 편한 인생을 살고 있을지도 모른다. 하지만 사람들이 해 주는 말이 모두 나에게 딱 맞는 조언이 아니듯, 그 길이 내 길이 아닌 것 같다면 상황을 고려한 후 밖으로 나가 보는 것도 나쁘지 않은 방법 같다.

어떻게 보면 나는 이 경쟁에서 탈락했지만, 앞만 보고 달리는 대신 길가에 핀 꽃도 보고 지나가는 동물들에게 간식도 주면서 여러 풍경을 보고 있다. 가끔 저만치 앞서간 사람들을 보며 불안감에 빠지기도 한다. 하지만 앞질러 달리는 사람들의 뒷모습만 기억하는 사람보다, 나는 소소하고 다정한 풍경을 더 많이 눈에 담았을 것이라고 스스로 위안해 본다.

인생은 한 번 주어지는 여행이라고 했다. 어차피 종착지는 같을 테니 이왕이면 더 설레고 더 즐거운 여행을 하고 싶다.

개복치의 생존 방식

대학을 졸업하고 한국으로 귀국한 다음, 꽤 많은 아르바이트를 했다. 레스토랑, 초밥집, 뷔페, 두부 가게, 테일러숍 등 종류도 다양하다. 다니던 회사를 그만두고 새로운 공부를 시작한 뒤에도 빈 시간에 틈틈이 아르바이트를 병행했다. 이 중에 몇 달을 넘겼던 아르바이트는 손에 꼽힌다.

집 근처 시장의 두부 가게에서 판매 아르바이트를 할 때의 일이다. 일이 끝나갈 때쯤 사장님이 나를 부르더니 두부 한 모를 주며 의미심장한 말을 한마디 툭 던졌다.

"오늘 남은 두부 줄 테니까, 내일 오기 전에 우리가 먹을 된장찌개 끓여서 와."

순간 이해가 가지 않았다. 진담을 가장한 농담일까? "네?"

하고 되물었다. 사장님의 얼굴을 보아하니 안타깝게도 그 말은 전혀 농담 같지 않았다.

'내가 왜 사장 식구들이 먹을 된장찌개까지 끓여서 출근해야 하는 거지?'

이상했다. 다음 날 나는 당연히 빈손으로 출근했고, 사장은 그것이 탐탁지 않은 듯했다. 그날 다채로운 모욕의 말을 들어야 했던 이유가 된장찌개를 끓여 가지 않아서인지, 땅에 떨어진 비닐봉지를 그대로 재사용하라는 말을 듣지 않아서인지 여전히 잘 모르겠다. 그렇게 이틀째 되던 날 그곳을 나왔다.

뷔페에서 아르바이트를 할 때의 기억도 아주 생생하다. 열심히 서빙을 하던 나는 목이 말랐고, 홀을 지나 직원 전용 정수기가 있는 주방으로 향했다. 첫날이었기 때문에 정수기가 어디에 있는지 알 수 없어서 근처에서 쉬고 있던 부주방장에게 정수기의 위치를 물었다. 그러나 돌아온 대답은 충격적이었다. 그의 손가락은 음식물 쓰레기를 모아둔 곳에 고여 있는 더러운 물로 향했다. 생글생글 웃는 것이, 아마도 농담을 했던 것 같다. 표정 관리를 못 하는 나는 그대로 얼굴이 굳었고, 주변 사람들은 신입에게 으레 하는 장난이라며 대수롭지 않게 넘겼다. 그날 집으로 돌아와 이불을 뒤집어쓰고 엉엉 울었다.

회사에 다닐 때도 마찬가지였다. 사장의 어처구니없는 농담이나 요구에 나의 표정은 그대로 굳었다. 화가 났느냐는 질문에 뻣뻣한 근육으로 겨우 "아니요" 하고 어색하게 대답했지만 내가 화났다는 것은 회사 복사기까지 알 정도였다.

이야기를 들은 몇몇 주변 사람들이 내게 말했다.
"멘탈이 너무 약한 거 아니야?"
"그 정도 농담이나 헛소리는 흘려들을 줄도 알아야지."
"마인드 컨트롤을 해야지, 그래 가지고 앞으로 이 힘든 세상 어떻게 살아갈래?"
다들 하나같이 더 더러운 꼴을 보고도 꾹 참고 산다는 이야기를 덧붙였다.
나는 너무 예민하고 나약했다. 남들은 모두 분위기를 맞춘다고 싫은 소리를 들어도 억지로 웃고 자연스럽게 넘겼지만, 나에게 그런 일은 너무 어려웠다.
'나라는 인간은 도대체 뭐가 문제지? 왜 다들 그냥 흘려버리는 일을 나만 못하냐고. 내가 일할 의지가 없는 건가? 사람들 말마따나 이렇게 예민해서 어떻게 살지?'

며칠을 방에 혼자 틀어박혀 꺼이꺼이 울다가 깨달았다. 내가 아주 예민한 두부 멘탈을 가진, 소위 '개복치'라고 불리는 부류의 사람이라는 사실을. 개복치는 바다에 사는 어류로,

다른 어종에 비해 수질이나 빛의 변화에 매우 민감하고 상처에 의한 감염에도 아주 취약해 돌연사가 많다. 깜짝 놀라기만 해도 죽을 수 있는 극도로 예민한 물고기다.

그런 내 모습을 한참 동안 책망하면서 이 험한 세상을 무탈하게 헤엄쳐 갈 방법을 생각해 보았지만, 도저히 답이 떠오르지 않았다.

그러다 문득 한 가지 생각이 머릿속을 스쳤다. 그것은 바로 아무리 예민한 개복치 멘탈을 가졌어도 죽지 않는 이상 어쨌든 이 세상을 계속 살아가야 한다는 사실이었다. 슬프지만 그게 현실이었다.

나는 다시 생각했다.

'그러면 어떻게 해야 개복치로 살면서도 돌연사하지 않을 수 있을까.'

개복치가 아닌 다른 무언가로 사는 것은 아무리 봐도 무리일 듯하니, 개복치라는 사실만은 그대로 안고 가야 할 것 같았다. 그런 다음 하나 더.

'도망칠 수 있다면 도망칠 것.'

너무 예민하고 쉽게 상처받는다면, 아프게 하는 상황이나 사람에게서 조금이라도 거리를 두고 피해 다니면 되지 않을까?

갑질이나 괴롭힘이 있을 때, 그것을 참지 못한다고 해서 피해자가 나약한 것은 아니다. 참아내는 사람이 상대적으로 더 강한 것일 뿐.

남들이 아무리 나약하다, 예민하다 손가락질해도 나를 위해 열심히 도망쳤고 그것이 헛되지 않았다고 생각한다. 피할 수 없으면 즐기라고 말하지만, 피할 수 있다면 전력을 다해 피해야 한다.

열심히 도망친 덕분일까. 그 후 좋은 사람들을 만나고 나에게 꼭 맞는 일을 찾아 이제는 도망치지 않아도 되는 생활을 하고 있다.

사실 우리는 그저 묵묵히 살아가는 것만으로도 참 큰일을 해내고 있는 게 아닐까?

개복치처럼 예민하고 나약해도 괜찮다. 다시 한번 말하지만, 개복치도 개복치 나름의 인생을 산다. 나는 앞으로도 도망칠 수 있다면 도망칠 것이고 계속 넘어질 것이며, 아파하면서도 엉거주춤 다시 일어나 어설프게나마 앞으로 나아갈 생각이다.

자연사 약속

조현훈 감독의 영화 〈꿈의 제인〉을 좋아한다. 영화 속 제인은 바(bar)에서 일하는 트랜스젠더 여성으로, 갑갑하고 차별적인 현실 속에서도 가출 청소년들을 위해 따뜻한 집을 만든다. 아이들은 제인을 어딘가 어색하고 엉성하다고 생각하지만, 그녀의 품 안에서 잠시나마 포근한 가정을 느낀다. 메인 예고편 영상에는 이런 대사가 나온다.

"이건 내 생각인데, 난 인생이 엄청 시시하다고 생각하거든. 태어날 때부터 불행이 시작돼서, 그 불행이 안 끊기고 쭈욱 이어지는 기분? 근데 행복은 아주 가끔, 요만큼 드문드문 있을까 말까? 이런 개같이 불행한 인생 혼자 살아 뭐하니? 아무튼, 그래서 다 같이 사는 거야."

실제로 함께 거주하는 것은 아니지만, 나는 이렇게 '다 같이 살아가는' 사람들을 알고 있다. 매달 적은 금액이지만 성소수자 인권 단체에 소소한 후원을 하고 있는데, 그곳에서 활동하며 알게 된 사람이 아주 많다. 이 단체들을 통해 만들어진 인간관계가 실제 나의 삶에서도 큰 부분을 차지하고 있다. 자살로 위장된 사회적 타살이 압도적으로 높은 사회에서 서로를 걱정하고 아끼며, 안부를 주고받는다.

나는 어떤 날, 침대에 누워 소리 없이 눈물 흘리며 휴대전화로 열심히 특정 독극물을 검색했다. 어떤 날은 연탄 구매처를 알아보기도 했다. 또 어떤 날은 멍하니 공원에 있는 큰 나무를 쳐다보기도 했다. 물론 이런 일들이 매일 일어나는 것은 아니다. 그리고 무엇보다 항상 '확실한 실행'에 옮기지 못했다. 지금 생각하면 다행이지만, 그때는 그런 '용기 부족'이 너무도 안타깝게 느껴졌다. 나를 살게 했던 것은 남들이 말하는 죽을힘으로 살라는 어떤 희망이 아니라, 그저 생명을 유지하려고 하는 고깃덩어리의 본능이었다. 살지도, 그렇다고 죽지도 못하는 자신이 그렇게 한심할 수 없다. 그런 날에는 있을지 없을지 모르는 신에게 간절히 기도했다.
'제발 비누처럼 녹아서 없어지게 해 주세요.'

"죽고 싶어."

이 말에 사람들은 흔히 이렇게 위로한다.

"그런 말 함부로 하면 안 돼. 죽을힘을 다해서 살아야지."

나는 이런 위로야말로 함부로 해서는 안 되는 말이라고 생각한다. 그 말을 하기까지 무슨 일을 겪었는지, 얼마나 힘들었을지 우리는 알지 못한다. 어쩌면 그 말을 한 사람은 어제 어떤 시도를 했을 수도 있고, 죽고 싶다는 생각을 상당히 오랫동안 해 왔을지도 모르기 때문이다. '함부로' 꺼낸 말이 아닐 수도 있다는 이야기다.

죽을힘 같은 건 없다. 아무 기력이 없는데 죽을힘을 내긴, 무슨 죽을힘을 내란 말인가. 다리가 없는 사람에게 달리라고 말하는 셈이다.

"우리 꼭 자연사해요. 그리고 다음에 또 봐요."

이것은 인권단체를 매개로 알게 된 사람들과 으레 주고받는 인사말이다. 다소 충격적인 인사가 아닐 수 없다. 죽고 싶다는 말은 함부로 하는 게 아니라는 둥, 무턱대고 힘을 내라는 둥, 그런 섣부른 위로는 존재하지 않는다. 한 사람의 죽고 싶다는 말에 수많은 사람이 걱정과 애정을 담은 말을 보낸다. 그저 서로 공감하고 이야기를 들어주며 손을 맞잡는다. 말없이 꼬옥 안아 주기도 하고, 그냥 술이나 차를 함께 마시기도 한다.

단단한 토양처럼 서로가 서로를 지탱하며 품어 주는 것이다. 그렇게 포근하고 안전한 위로를 주고받으면 다시 일어설 힘을 얻는다. 나 역시 함께 이야기하며 서로 고민을 터놓은 적이 아주 많다. 너무 가볍지도 무겁지도 않은, 그렇지만 농도 짙은 위로들이었다.

죽고 싶다는 생각이 들 때, 옆 사람과 손을 잡아야 한다. 나는 급할 때는 고양이들의 손을 잡기도 한다. 결국, 사람을 죽이는 것도 살리는 것도 사람의 온기가 아닐까? 그런 식으로 누군가와 손을 맞잡고 이어지다 보면 사람으로 인해 다시 소소한 행복이 찾아온다. 나는 그것을 누구보다 잘 알고 있다.

〈꿈의 제인〉 이야기로 돌아가 이 장을 끝마치려고 한다. 나는 제인이 무대 위에서 미러볼 빛을 받으며 한 말을 이 영화의 최고 명대사로 꼽는다.

"어쩌다 이렇게 한 번 행복하면 됐죠. 그럼 된 거예요. 자, 우리 죽지 말고 불행하게 오래오래 살아요. 그리고 내년에도 내후년에도 또 만나요."

메타몽도 자기 모습이 있다

2020년은 지금까지의 인생 중 가장 힘든 시기였다. 앞으로의 인생에서 그보다 더 힘든 시기가 펼쳐질지 어떨지 알 수 없지만, 현재를 기준으로 꼽아 보라면 단연 '처음' 겪는 지옥같은 한 해였다고 말하겠다. 당시 내가 입버릇처럼 했던 말은 "일단 오늘 하루만 죽지 말고 버텨 보자"였다.

상반기까지는 나쁘지 않았다. 남은 에너지로 어떻게든 살아갈 수 있었으며, 드문드문 좋은 일도 있었다. 그러나 한여름이 되자 이상한 일이 봇물 터지듯 펑펑 터지기 시작했다. 그 시작은 앞서 언급한 대로, 오랜 시간 함께했던 Y가 갑자기 내 곁을 떠난 사건이었다. 너무 절망스럽고 앞으로의 인생이 그려지지 않았던 나머지, 타지에 사는 15년 지기 친구에게 전화를 걸어 힘든 마음을 털어놓았다. 그런데 친구의 반응은 나를 더욱 혼란에 빠뜨렸다.

"그래, 힘들겠네. 그건 그렇고, 내 이야기 좀 들어봐. 회사에 신입사원이 들어왔는데 완전 골치 아픈 애야. 자료도 엉망으로 만들고, 나 진짜 어떡하지…."

나의 고민보다 훨씬 길어지는 그녀의 이야기. 결국, 내가 받은 위로보다 더 많은 위로를 그녀에게 건네야만 했다. 그날의 통화는 살면서 겪은 몇 안 되는 고통스러운 통화 중 하나로 오래 기억될 것 같다.

아무튼, 그때부터 인간관계가 복잡해지면서 전체적으로 좋지 않은 방향으로 흘러가기 시작했다. 대략 세어 봐도 일곱 명이 넘는 사람과 관계가 끊어졌다. 집에도 골치 아픈 일이 생겨 부모님과 언성을 높이며 싸우기 일쑤였다. 일도 생각처럼 풀리지 않고, 일정은 자꾸 연기되었다. 나의 지구가 미쳐 돌아가고 있다는 느낌이 들었다.

집 근처 공원에서 산책하고 돌아오는 길에 대형 트럭이 깔끔하게 나를 밀고 가면 좋겠다는 생각마저 했을 정도였다.

토요일 오후, 어쨌든 살아야 하니 식탁에 앉아 밥을 먹었다. 턱이 무의미한 움직임을 반복하고 있었다. 그런데 정말 신기하게도, 아니 정말 뜬금없이, 순식간에 눈물이 후두두둑 떨어졌다. 슬프거나 억울한 감정 없이, 그러니까 정말 아무 이유 없이 눈물이 터진 적은 그때가 처음이었다. 심각하다는 생각이 들었다.

친한 친구에게 괜찮은 상담 센터를 추천받아 며칠 후 그곳을 방문했다.

센터는 병원처럼 딱딱한 곳일 거라는 상상과 달리 카페 같은 분위기에 아주 깔끔했다. 보통 상담자와 내담자의 합도 중요하다고들 말하는데, 운 좋게도 나에게 딱 맞는 상담사 선생님을 만났다.

첫날, 초면인 상담사 선생님 앞에서 눈물을 줄줄 흘렸다. 울어서 죄송하다는 나의 말에 선생님은 원래 다 그렇다면서 옆에 있던 휴지를 내밀었다. 2회, 3회, 상담이 거듭되면서 어색했던 사이가 점점 가까워졌고 마음 편히 내 이야기를 구구절절 늘어놓을 수 있게 되었다. 지금 생각해 보면 선생님을 만난 건 그해 나의 유일한 행운이었는지 모른다. 어떤 날은 첫날처럼 울먹거리며 이야기하기도 하고, 또 어떤 날은 함께 까르르 웃으며 상담을 진행했다.

"사실, 누구나 그 순간 본능적으로 최선의 선택을 하잖아요. 그게 저한테만이 아니라 그 애한테도 적용이 돼야 맞는 거겠죠. 뭐, 그래요. 그 애도 삶이 너무 힘드니까 순간 다 포기하고 싶었던 것일 수 있다고 이해는 해요."

"네, 제 친구도 하필 그 시기에 신입사원이 들어와서 짜증 났을 수 있죠….'

"제가 너무 예민하거나, 엄마도 너무너무 화가 나서 그런 말을 한 것 같아요. 엄마도 쌓인 게 많은 사람이고, 말할 사람이 저밖에 없다는 것도 알거든요."

이야기에 묵묵히 고개를 끄덕이던 선생님은 어느 날 이렇게 말씀하셨다.

"참 여러 사람으로 변신하시네요. 그렇게 상처를 준 Y씨도 되었다가, 어떤 날은 엄마도 되었다가, 아빠도 되었다가, 너무 섭섭한 상황인데 친구까지 됐다가. 일단 다 이해해 보려고 하는 것 같아요. 그래야 상처를 덜 받을 테니까요. 꼭 메타몽 같아요. 왜, 포켓몬에 그 변신하는 애 있잖아요.

그런데 그거 아세요? 메타몽도 자기 모습이 있어요."

머리를 한 대 맞은 것 같았다.

그랬다. 나는 피카츄로도 변했다가 꼬북이로도 변하는 메타몽이었다. 전투에 나와도 곧바로 변신하는, 상대의 모습이 되기 위해 노력하는 메타몽. 분홍색의 흐물흐물하고 미끌미끌한 형태의 메타몽 본모습으로 돌아간 적이 언제였는지 까마득했다.

나는 나 자신을 치유하기 위해 등록한 상담 시간에도 남을 이해하려 노력하고, 나에게 상처 줬던 사람들을 감싸기 바빴다. 왜 내 처지보다 남들의 처지를 더 헤아렸을까. 나는 남들에게 하는 만큼 나를 이해하려 노력하고 내 상처를 돌본 적이 있었던가? 수년간 방치되었던 나의 마음에게 너무나 미안했다. 그런 생각이 들자 또 눈물이 퐁퐁 솟아났다.

　　요즘은 메타몽도 자기 모습이 있다는 말을 마음에 새기고 산다. 남보다 자신을 먼저 안아 주고 이해해 주자고. 먼저 내가 있어야 남도 있는 법이니까. 나는 오늘도 나에게 말해 준다.

　　"네가 세상에서 제일 예뻐!"
　　"네가 세상에서 제일 귀해!"

"참 여러 사람으로 변신하시네요. 그렇게 상처를 준 Y씨도 되었다가, 어떤 날은 엄마도 되었다가, 아빠도 되었다가, 너무 섭섭한 상황인데 친구까지 됐다가. 일단 다 이해해 보려고 하는 것 같아요. 그래야 상처를 덜 받을 테니까요. 꼭 메타몽 같아요. 왜, 포켓몬에 그 변신하는 애 있잖아요.

그런데 그거 아세요? 메타몽도 자기 모습이 있어요."

정 현

인생 46년 차, 워킹맘 12년 차인 두 딸의 엄마.
내면과 마주하기 위해 글을 쓰기 시작했습니다.
인생의 정답을 찾기보다 삶에서 내려놓는 법과 사랑하는 법을 알아가고 있습니다.

✉ yunjh486@hanmail.net

평범하게 사는 것이 꿈

유년 시절, 단칸방에서 네 식구가 생활할 만큼 형편이 넉넉하지 못했다. 경제적 여유가 생긴 후에는 뜻대로 되지 않는 인간관계에 마음 졸이고, 슬퍼했다. 하지만 그때를 떠올리면 입가에 미소가 번진다. 여유롭지 않은 형편에도 부모님의 따뜻한 사랑과 관심을 받으며 온실 속 화초처럼 잘 자랄 수 있었기 때문이다.

결혼하고 부모가 되는 일은 세상 밖으로 다시 태어나는 것과 같았다. 부모님의 그늘을 벗어나 홀로서기 후 마주한 삶의 아픔들은 이전과 비교할 수 없을 만큼 컸다. 자식을 향한 애틋한 마음과 상관없이 고통스러운 시간이 찾아왔고, TV에서나 볼 수 있었던 남의 이야기가 나의 일이 되었을 때 비로소 인생에 눈뜨기 시작했다. 힘겹게 살아가는 사람들을 이해할 수 있는 마음이 생겼고, 세상 모든 일이 나에게도 일어날 수 있다는 것을 알게 되었다. 그 순간 살아가는 게 두려워 머뭇거리기도 했지만, 평범한 일상이 얼마나 소중한지 발견하는 계기가 되었다.

사는 것에 대한 두려움이 커지고 커져 나를 삼켜 버리려 할 때, '평범하게 사는 것'이 삶의 목표가 되었다. 삶을 내려놓으려는 순간, 무엇이 소중한지 생각하게 되었고 모든 일은 의미가 있다는 것을 깨닫게 되었다. 아무 일도 일어나지 않기를 바란다면 결코 성장하지 않는다. '그때 그 일만 없었어도…'라고 후회하지 않기로 했다. 고난과 역경이 나를 더 단단하게 만드는 과정이라고 믿고 견디며, 어두웠던 긴 터널도 끝이 올 것이라는 희망을 잃지 않기 위해 노력했다.

이제는 철없던 어린 시절처럼 꽃길만 걷기를 바라지 않는다. 어느 길 위에 서 있던지 그 길이 꽃길이라 믿으며 힘차게 나아갈 것이다.

모로 가도 서울만 가면 된다

나의 직업은 초등학교 교사이다. 고등학교 3학년이었던 1994년의 뜨거운 여름을 버텨냈더라면 경력 23년 차 교사겠지만, 이제 겨우 14년 차다.

그 시절엔 부모님과 함께 전략적으로 입시를 준비하거나 학원의 도움을 받는 일이 흔하지 않았다. 점심, 저녁 두 개씩 싸 주시던 도시락과 자식의 앞길이 순탄하기를 바라는 기도가 부모님이 하실 수 있는 전부였다. 그때는 취업난도 없었기 때문에 대학교만 가면 '고생 끝, 행복 시작'이라고 여겼다. 수험생으로서의 시간도 끝이 보일 때쯤 현실과 타협하고 진로를 선택했다.

부모님은 성적에 맞춰 교대에 지원하기를 바라셨지만, 좁은 캠퍼스가 너무 실망스럽다는 이유로 마음이 움직이지 않았다. 로망이었던 넓은 캠퍼스를 당당하게 거닐고 싶었던 나는, 종합대에 지원했고 그렇게 95학번이 되었다. 나름 미래를 생각해 부전공으로 중등교사 자격증도 준비했다. 그러나 졸업이 곧 취직으로 이어지지는 못했다. 제대로 된 진로 교육을 받지 못한 것과 IMF라는 시대를 탓하고 싶은 마음이 컸지만, 간절한 마음이 없었다는 것이 더 솔직한 이유일 것이다. 다시 말해 취업 실패는 의지 결여 때문이었다.

미래를 위해 무언가 도전해야 할 것 같은 분위기에 경쟁률 높은 중등교사 임용시험을 어설프게 준비했다. 간절하지 않았기에 학원 강사를 병행했고, 수입이 생기자 차도 사고, 하고 싶은 것을 하며 후회 없이 지냈다. 그러던 어느 날, 초등교사가 모자라면서 중등교사 자격자에게 초등 임용의 기회가 찾아왔다. 지금 생각해 보면 그때가 적기였는데, 친구가 좋고 노는 게 좋았던 나는 그마저도 놓쳐 버렸다.

스물일곱이 되어서야 미래가 없다는 것을 깨닫고 불안해하기 시작했다. 홀로 설 수 있는 인생을 다시 계획하며 1년을 재수 학원에서 보냈다. 약대를 목표로 공부했지만, 결과는 목표에 미치지 못했다. 나는 결국 교대에 04학번으로 입학했다. 9년이라는 시간을 돌고 돌아 다시 출발선에 선 것이다. 제자리로 온 것이 아깝기만 한데, 입학으로 고생 끝이려니 했던 대학 생활은 고3 수험생 못지않게 힘들었다. 숱한 발표와 과제, 그리고 조 모임에 실기 연습까지. 95학번으로 입학하지 않았던 나를 원망했다. 설상가상으로 졸업할 즈음 갑자기 임용 TO조차 줄었다. 졸업만 하면 임용이 보장되던 시절도 끝이 났고, 1년 내내 떨어질까 두려운 마음으로 임용고시를 준비해야 했다.

억울해도 너무 억울했다. 쉽게 갈 수 있었던 그 길을 어렵게 다시 가고 있었기 때문이었다. 임용된 후에도 95학번의 경력 많은 선배 교사, 중등교사 자격증으로 임용의 기회를 놓치지 않고 온 선배 교사를 볼 때마다 배가 아팠다. 하지만 그렇다고 지난날의 선택을 후회하며, 과거에 집착할 수만은 없었다. 그 시간이 없었다면 그사이 만난 소중한 인연들도, 그동안의 경험으로 얻게 된 삶의 지혜도 없었을 것이다. 무엇보다 가장 중요한 나의 남편과 사랑하는 아이들도 없었을 것이다.

과거가 있기에 하루하루 성장해 지금의 내가 있다. 교사가 되기까지 여러 번의 기회가 있었지만 간절한 마음 없이 놓쳐버렸던 시간을 후회하기도 했다. 하지만 지금은 먼 길을 돌아 결국 교사의 길을 가고 있다는 것이 신기하고 감사하다. 어떤 길로 얼마만큼의 시간이 걸려서 왔던 지금 내가 서 있는 이 길이 온전하게 디딜 수 있는 곳이라면 그걸로 충분하다. 어디를 향해 가든 그 길에서 만난 사람들과의 추억이 더 소중함을 깨달았기 때문이다.

배워서 어디에 써먹게?

늦여름 찾아간 송정 바닷가는 물 반, 서핑하는 사람 반으로 가득 차 있었다. 두 달 동안 주말마다 아이들과 서핑을 배우던 때의 일이다. 늘 마주치던 흰 머리의 할머니가 계셨는데 나이와 열정은 비례도, 반비례도 아닌, 아무런 상관관계가 없다는 것을 온몸으로 보여 주셨다. 혼자 온종일 연습해도 좀처럼 나아지지 않으면 개인지도를 받기 위해 서핑숍을 찾으신다는 할머니. 나이가 많다는 생각에 도전을 망설이며 고민했던 시간이 하찮았다는 것을 깨닫는 순간이었다. 정말 존경스러웠고, 나의 무모한 도전을 부끄럽지 않게 해 주셔서 감사했다.

내 나이 마흔여섯. 진로를 고민할 나이도 지났고, 직장을 얻기 위해 고군분투하던 시기도 지나왔으며, 결혼과 출산이라는 큰 산도 넘었다. 두 아이를 키우는 10년 동안 몸과 마음이 너덜너덜해진 상태로 "힘들다!"라는 말을 입에 달고 살았다. 그런 힘든 상황 속에서도 바이올린을 시작하고, 사물놀이와 플루트를 배우기 위해 문화센터를 찾아갔다. 자신을 더 바쁘게 몰아넣던 나는 누가 봐도 비정상이었다. 이 나이에 자꾸 뭘 더 배우려는 것도 비정상, 힘들다면서 더 바쁜 일상을 만들고 있는 것도 비정상, 중구난방으로 동시에 여러 가지를 배우는 것도 비정상이었다.

바쁜 와중에도 문화센터 전단을 살펴보고, 틈을 내어 등록하기를 반복하는 나를 보며 새로운 것을 배우고 싶어 하는 욕심이 남들보다 강하다는 사실을 알았다. 한때는 이런 나의 마음이 시간 낭비, 돈 낭비인 것 같아 고민이 깊었다. 이것도 하고 싶고, 저것도 하고 싶은 것이 무언가 채워지지 않는 마음의 병으로 인한 것은 아닐까 걱정한 적도 있었다. 바쁜 일상 중에 겨우 수업 시간만 할애해서 배우는 터라 실력도 늘 제자리였다. 그렇다 보니 낮은 성취감에 우울했던 적도 있었다.

그러던 어느 날, 직장 선배에게 고민을 나눈 적이 있다. 나이가 더 들어 인정받는 교사가 되려면 무엇을 준비해야 좋을지 상담했다. 공감을 얻고 싶은 마음에 이런저런 배우고 있는 것과 솔직한 마음을 이야기했다. 그때, 선배가 말했다.

"이제 정리해야 하는 나이야. 정말 좋다고 생각하는 것, 쓰일 곳이 있는 것 하나만 남겨 두고 다 정리해."

'정리해야 한다고…?'

아직 그럴 준비가 되지 않은 나는 선배의 말이 왠지 슬프게 들렸다.

"그걸 배워서 어디에 써먹을 건데? 어디에 어떻게 쓰일지 생각하고 한 가지만 정해서 배우는 게 좋을 것 같아."

처음에는 함께 고민하고 조언해 준 선배의 말이 정답이라는 생각이 들었다. 의미 없는 일에 너무 많은 에너지를 낭비하고 있다고 생각했다. 어디서부터 어떻게 내 삶을 정리해야 할까 깊은 고민에 빠졌다.

'꼭 그렇게 해야만 하는 걸까?'

내면의 소리가 나를 슬프게 했다. 그렇게 꼬박 일주일을 생각하고 고민한 끝에 마음을 정리했다.

"그냥 하고 싶은 걸 하자!"

"지금처럼 행복에 집중하자!"

나는 지금껏 어디에 써먹기 위해 배우지 않았다. 그저 배우는 순간이 즐겁고 행복했을 뿐이다. 배움의 시간을 통해 새로운 것을 알아가는 기쁨, 만나는 사람들을 통해 인생을 배우고 교류하는 즐거움, 배움의 열정으로 모인 사람들을 통해 자극받고 힘을 얻는 시간이 소중했다.

선배와의 대화가 나에게 변곡점이 되었다. 그 일을 계기로 한 가지 일에 만족하지 못하는 나에 대한 생각을 정리하게 되었다. 하나의 일에 몰입해서 좋은 성과를 빠르게 얻으면 좋겠지만 그런 생각은 내려놓기로 했다. 거북이보다 더 느린 실력 향상일지라도 부끄러워하지 않기로 했다. 아무것도 하지 않는 것보다 무언가를 하고 있다는 것이 더 의미 있다고 생각한다. 시작한 것을 끝까지 가보지 못하는 변수가 생겨도 후회하지 않기로 했다. 하고 싶은 것을 했고 그 과정에서 즐거웠다면 그걸로 충분하다. 할 수 있을 때, 하고 싶을 때 언제든 도전하는 사람으로 남고 싶다.

두려움과 마주하는 법

15개월 차이로 얻은 두 딸은 주변에서 잘 찾아볼 수 없는 선천성 두개골 기형을 가지고 태어났다. 둘째는 더 심각했다. 아이를 낳아 처음 안았을 때 큰 병이라도 있는 것은 아닐까, 산후조리원에 있던 2주간, 한시도 마음 편할 날이 없었다. 평소 걱정이 많은 친정엄마에게도 이야기할 수 없었다. 남편과 단둘이 의논해 유명하다는 병원에 진료 예약을 하고, 일주일간 밥도 겨우 삼키며 우울한 날을 보냈다.

경기도 소재 대학병원에서 진료를 보던 날, 믿고 싶지 않았던 현실이 눈앞에 펼쳐졌다. 아이의 상태가 심각하다는 말과 함께 빨리 수술을 해야 한다는 것이었다. 첫째도 같은 질환이라 함께 수술하는 것이 좋겠다는 얘기에 일주일 간격으로 날짜를 잡았다. 서울에 있는 다른 대학병원도 예약해 둔 상태였지만 하루라도 빨리 수술해야 한다는 말에 겁이 나서 다른 예약은 모두 취소했다.

친정에는 말하지 않고, 첫째를 시댁에 맡겨 놓은 채 둘째와 함께 먼저 입원했다. 병원으로 가던 길, 창밖으로 보이는 사람들은 무엇이 그리 행복한지 모두 웃고 있었다. 건강해 보이는 아이와 행복에 겨운 젊은 엄마의 모습이 부럽고 또 부러워서 얼마나 울었는지 모른다. 아이의 손을 잡고 걸어가는 행인을 바라보며 원망과 깨달음이 동시에 날아들었다.

'저들에게는 일어나지 않는 일이 왜 나에게 일어났을까?'

'행복은 멀리 있는 게 아니라 바로 저게 행복이었구나.'

생후 한 달도 안 된 조그만 아기가 수술실에서 6시간이 지나도 나오지 않았을 때, 숨쉬기 조차 힘들만큼 절박했다. 수혈까지 받으며 잘 견뎌냈지만, 마취로 인해 눈을 뜬 채로 누워 있던 모습을 떠올리면 아직도 눈물이 흐른다. 머리에 쇠붙이를 꽂은 채 프랑켄슈타인 같은 모습으로 마주한 아이의 모습에 마음이 아프고 미안했다.

두 아이 모두 붙은 머리뼈를 자르고 장치를 부착한 후, 한 달 동안 조금씩 나사를 돌려 두개골 간격을 벌려 나갔다. 그런 후 다시 장치를 제거하는 수술도 해야 했다. 둘째는 두개골 일부를 더 잘라야 한다며 일주일 만에 다시 수술실로 향하는, 마음 찢어지는 순간까지 겪어야 했다. 지옥을 몇 번이나 오가며 혼자 수없이 되뇌었다.

'나에게 왜 이런 일이 생긴 걸까?'

가시 박힌 듯 아팠던 1분, 1초의 기억이 희미해질 만큼 10년이라는 긴 시간이 흘렀다. 소중한 두 딸과 건강하게 평범한 생활을 이어가고 있는 지금이 꿈만 같다. 그때 이후로 일상적인 하루하루가 소중하다는 것을 깊이 깨닫게 되었다. 우리 삶 속에 감사할 일이 정말 많이 있다는 것을 잊지 않으려고 노력하며 살고 있다. 인생은 내가 어떻게 할 수 없는 일이 있다는 것을 배웠고, 나쁜 일도 피할 수 없다는 사실을 깨달았다. 좋은 일만 생기길, 힘든 일이 더는 일어나지 않기를 바라지 않는다. 다시 고난과 마주했을 때 이겨낼 수 있는 마음을 키우고, 하루하루 건강하게 눈 뜨고 가족들과 함께 할 수 있다는 사실에 감사하며 살아가야겠다고 다짐해 본다.

손해 보고 살아도 괜찮아

"MRI 검사 결과 한쪽 뇌파가 잡히지 않아 뇌 절반가량 활동이 없습니다. 이대로 가다가는 걷는 것도 힘들 것 같습니다."

아이의 두상이 삐뚤어서 찾아갔다가 드라마에서나 볼 것 같은 장면이 눈앞에 펼쳐졌다. 청천벽력과도 같았던 말에 '그럴 리가 없어!'라고 부정하고 싶었지만, 대학병원에서 실수했을 리 없다는 생각에 하염없이 울었다. 걱정 가득한 마음을 겨우 추스르고 누군가의 소개로 다른 병원도 찾아가 보았다.

"검사 결과를 100% 신뢰할 수는 없습니다. 아이가 발달에

맞게 잘 크고 있다면 문제가 되지 않습니다."

가슴을 쓸어내렸다. 걷지 못하게 되는 불상사라도 일어날까 봐 창녕에서 대구로 매일 물리치료를 다녔다. '낮 병동'이라는 것을 알게 되어, 병원으로 출퇴근하면서 온종일 물리치료를 받는 생활도 몇 달간 했다. 1년 동안 직장도 쉬고, 그렇게 살았다. 그러나 시간이 지나고 보니, 우리 아이는 발달에 전혀 문제가 없는 아이였다. 아무런 필요가 없는 일에 돈과 시간과 체력을 낭비한 것이었다. 의사도 완벽하지 않다는 경험을 한 것은 그때가 처음이었다. 그래도 누구 하나 탓하지 않았다. 심지어 드라마 대사 같은 청천벽력의 말을 건넨 의사도 밉지 않았다. 아이가 건강하게 잘 자라고 있는 것이 그저 감사할 뿐이었다.

물리치료를 받으며 두상 교정을 위한 치료를 병행했다. 대구에서 두상 교정 헬멧을 다루는 대학병원은 한 곳밖에 없었다. '3차원 CT'를 찍으면 정확한 상태를 알 수 있다는 전문가의 설명에 희망이 보였다. 검사 결과 '사두증'이라 진단받았고, 머리뼈만 삐뚤어져 1년 정도 하루 23시간 헬멧을 착용하면 교정될 거라는 처방이 내려졌다. 우는 아이를 달래가며 석고로 본을 떠 헬멧을 맞췄다. 아이가 힘들어하는 걸 알면서도 권위 있는 대학병원 의사의 말을 믿고 정기적으로 진료를 받았다. 호전이 없어 헬멧을 중간에 교체하는 상황이 발생하는 과정에서도 신뢰하고 또 신뢰했다. 결국, 이 또한 우리 아이에게 아무런 도움이 되지 않은 엉뚱한 치료였다. 그렇게 두 번째 오진을 경험했다.

둘째가 태어나면서 그간 의사들이 내린 진단과 모든 치료가 헛수고였음을 깨달았다. 터무니없는 오진이었다는 사실을 알게 된 것은 허무하게도 다른 누군가에 의해서가 아니었다. 둘째도 같은 증상을 가지고 태어났고, 온갖 걱정과 두려움으로 인터넷 검색을 하던 중 한 가지 질환에 대해 알게 되었다. 첫째 딸의 CT 파일을 열어 본 순간, 내 두 눈으로 직접 확인하게 되었다. 그 순간, 의미 없이 흘려보낸 시간과 고생했던 일들이 떠올라 얼마나 억울했는지 모른다.

'이게 말이 되는 일인가? 내 눈에도 보이는 것이 의사들 눈에는 보이지 않았다는 게!'

세상에 대학병원 의사가 모르는 게 있다니! 검사까지 제대로 해 놓고서 오진한 그 의사에 대한 분노는 이루 말할 수 없었다. 하지만 그런 마음과 달리, 억울한 일을 당한 상황에서도 우리 가족은 큰 소리 한 번 내지 않았다. 누군가는 병원을 찾아가서 의사의 멱살을 잡았을지도 모른다. 하지만 나도,

남편도 성격상 그렇게 하지 못했다. 오진에 대해 하소연하고 적절한 보상을 부탁만 할 뿐이었다. 우리가 가진 힘이 없어서였을까? 그마저도 의사와 대학병원에서 거절당하며 세월만 흘려보냈다.

마음을 단단히 먹은 어느 날, 오진한 의사를 찾아갔다. 나에게 돌아온 것은 병원과 합의하라던 당당한 의사의 태도였다. 미안한 마음이 하나도 없는 그 의사를 보며 화가 나기보다 '사람이 어떻게 저럴 수 있지?'하고 놀라운 마음이 더 컸다. 미리 최악의 상황까지 예상하고 갔기 때문이었을까? 그의 태도를 보며 오히려 평온해졌다. 그리고 마음을 고쳐먹었다. 그의 잘잘못은 내가 판단하지 않기로 했다. 우리 아이는 지금 건강하게 잘 자라고 있으니 보상이 있든 없든 달라질 것도 없었다. 내가 매달렸던 것은 억울한 마음에 대한 심리적 보상이었다. 그 심리적 보상이 물질적인 가치로 얼마나 크게 매겨지는가에 무게를 뒀지만 그 순간 내려놓기로 했다. 그들이 내 마음을 채워주지 못할지라도 언젠가 채워질 것이고 잘잘못은 때가 되면 가려지리라는 희망에서였다.

이후 그 의사의 말처럼 대학병원과 합의했지만, 오진에 대한 보상이라고는 200만 원 정도의 헬멧 값이 전부였다. 아이가 초등학교 입학할 무렵이 되어서야 앞으로 문제 삼지 않겠다는 합의서에 사인하고 종지부를 찍었다.

돌이켜보니 손해 보고 싶지 않은 가장 큰 이유는 자존심 때문이었다. 나의 억울함을 인정해 주지 않는 것에 대해, 그리고 상대에게 지는 것에 대해 자존심이 허락하지 않았기에 좀처럼 마음을 내려놓기가 어려웠다. 하지만 자존심을 승패와 관계없이 스스로 지켜낸다면 손해 보고 사는 것도 나쁘지만은 않다. 손해 보지 않으려고 악착같이 용을 쓰며 사는 것보다 괜한 곳에 마음 쓰지 않고 내려놓는 것이 더 행복했다. 어쩌면 그들은 끝까지 잘 먹고 잘살 수도 있다. 그래도 괜찮다. 억울함에 내 인생을 낭비하지 않기로 했다. 인생에 정답은 없다. 남들과 같을 수 없음을 인정하고 나의 성격과 결정을 존중하기 시작했다. 다툼이 있는 날이면 며칠을 마음 불편하게 사는 나로서는 양보와 손해를 선택하는 것이 더 편했다. 그렇게 생긴 대로 살며 찝찝한 마음들을 걷어내는 것이 행복이라는 사실을 이젠 안다.

"손해 보면 어때? 마음 편한 게 최고야."

그렇게 모두를 용서하기로 했다.

신은 어디에

감당하기 힘든 일은 나를 더욱 종교에 의지하게 만들었다. 지난날의 잘못을 회개하는 마음과 간절한 기도를 반복하며 실낱같은 희망을 버리지 않고 붙들 수 있었다. 아이들의 수술이 잘 마무리되고 무사히 퇴원했다. 긴 터널도 끝이 보이는 듯했고, 신앙심은 더욱 커졌다. 이 모든 일에 대한 감사함으로 더 열심히 기도하고 의지하며 살리라 다짐했다.

기쁜 마음으로 성실하게 신앙생활을 이어오던 어느 날, 더는 없을 것 같았던 시련이 또 찾아왔다. 정기적으로 검사를 받던 중 둘째의 상황이 심각해진 것을 발견했고, 결국 또 한 번의 수술을 하게 되었다. 일상을 되찾을 무렵, 네 번째 수술을 해야 했던 것이다. 깊은 절망에 빠진 나머지, 나는 신의 존재를 의심하게 되었다.

'왜 또 나에게 이런 시련이 닥친 걸까?'
'과연 신이 있기는 한 걸까?'
'인간을 사랑한다던 신은 고통 속에 사는 사람들을 왜 보고만 있는 걸까?'
'신과 무관한 일에 그저 사람들이 의미를 부여하는 게 아닐까?'

어쩌면 존재하지도 않은 신에게 수많은 사람이 매달리고 있는 건 아닐까 하는 생각이 밀려들었다. 우리 모두 속고 있는 기분이었다. 나의 믿음과 기도가 의미 없는 행동이었던 것 같아 절망하고, 절망했다. 많은 혼란 속에 아무것도 보지 않고, 느낄 수 없도록 세상과 이별하고 싶은 마음만 가득 차올랐다.

일주일 동안 집에서 나오지 못했다. 모든 슬픔을 혼자 짊어지고 가야 할 것 같았던 그때, 많은 사람의 걱정과 위로 덕분에 조금씩 마음의 문을 열었다. 그동안 내색하지 못하고 의지할 수 없었던 엄마의 전화 한 통으로 다시 현실을 받아들일 용기를 냈다.

"그렇게 울고만 있다고 달라지는 건 없어. 밥 잘 먹고 힘을 내야 애도 잘 챙기지."

슬픔에 잠겨 아무것도 하지 않으면 달라지는 것 역시 아무것도 없었다. 세상 밖으로 나오니 나를 걱정해 주는 사람이 많았다. 그제야 기도하며 흘렸던 많은 눈물과 신앙생활을 통해 위로받았던 기억을 다시 떠올렸다. 그들의 따뜻한 말이 큰 위로가 되고, 용기가 되고, 희망이 되었다. 신앙 안에서 만난 소중한 인연들의 대가 없고 진심 어린 기도가 나를 붙들었다.

두 번의 큰 시련을 겪고 나서 많은 것이 변했다. 더 이상 불행해지지 않게 해 달라고 기도하거나, 좋은 일이 일어나게 해 달라고 기도하지 않는다.

"고난이 닥칠 때, 좌절하지 않고 다시 일어설 힘을 주소서."

'나쁜 일이 일어나지 않기만 바랐던 나'에서 이제는 '잘 견뎌낼 수 있기를 기도하는 나'로 바뀌었다. 아이들이 상처받지 않고 크기만을 바랐던 내가, 받은 상처를 스스로 잘 회복할 수 있는 아이로 자라기를 기도한다. 신이 어디에 계시는지 찾고, 내가 원하는 대로 살 수 있도록 매달리는 것이 신앙심이 아니라는 것을 알았다. 나에게 종교는 삶을 돌아볼 기회와 인생의 방향을 찾을 기회가 되어 주었다. 죄를 짓지 않고 다른 사람들에게 상처 주지 않으며 살아가기 위한 다짐, 욕심을 비우는 일을 게을리하지 않기 위한 자기반성이었다. 힘든 일에도 흔들리지 않도록 마음을 잡아 주는 곳, 따뜻한 사람들을 만날 수 있는 곳이 있다는 사실에 감사하며 오늘도 성당에 간다.

가끔은 목 놓아 울어도 돼

두 번째 시련을 마주한 첫날의 기억은 잊을 수가 없다. 우리에게도 평화로운 날들이 찾아왔고, 폭풍이 휩쓸고 간 자리, 무사히 버텨내고 살아남았으니 앞으로 평범한 날들만 계속되리라 오만했었나 보다. 1년간 찾아왔던 평화도 잠시, 희귀난치성 질환인 '키아리 증후군'까지 있었던 둘째의 정기검진에서 수술이 불가피하다는 말을 듣게 되었다. 해맑은 아이를 보며 다시 고생문을 열 생각을 하니 마음이 너무 아팠다. 그래도 무너지지 않겠다고 다짐하며 평소와 다름없는 모습으로 수술 날짜를 예약하고, 발길을 돌려 기차에 몸을 실었다.

아이가 어리다 보니 남들에게 폐를 끼치지 않으려고, 그날도 KTX 자녀 동반 8호 칸으로 좌석을 예매했다. 마음이 무거웠지만, 아이가 보채며 울거나 큰 소리로 떠들지 않아 다행이라고 생각하며 내려오고 있었다. 하지만 약간의 재잘거림도 거슬렸던지, 앞자리에 앉은 여자가 뒤로 돌아보며 몇 번이나 눈치를 주었다. 나는 화가 치밀어 올라, 평소답지 않게 따져 물었다.

"우리 아이 때문에 그러세요? 여기 자녀 동반칸인지 알고 예약하신 거예요?"

꾹꾹 눌러 담아 놓은 감정이 폭발했다. 말을 끝내자마자 자리에서 뛰쳐나와 열차 출입구에 주저앉아 세상 떠나갈 듯 목 놓아 울기 시작했다. 그 여자에 대한 서러움이 아니라 세상에 대한 그리고 내가 처한 현실에 대한 서러움에 복받쳐 내 감정을 완전히 드러내며 한참을 소리 내어 울었다.

기차 안이 떠나가도록 얼마나 큰 소리로 울었던지 같은 칸에 있던 아주머니가 아이의 떨어진 신발을 주워 오셔서는 괜찮은지 물으시며 다독여 주셨다. 뒤이어 승무원까지 찾아와 특실 조용한 곳으로 자리를 옮겨 주었다. 아주머니와 승무원의 눈에도 눈물이 고여 있었다. 그 눈빛에 마음이 진정되었다. 공감해 주는 사람이 있어 이겨내야겠다는 마음이 싹을 틔웠다. 이해와 배려심도 없는 사람이라고 원망했던 앞자리

여자에게도 미안한 마음이 들기 시작했다. '갑작스레 울음바다가 되어 온전히 본인 탓이라고 생각하며 놀라진 않았을까?'하며 억지로 참아왔던 눈물을 시원하게 쏟아낼 수 있도록 도와줘서 오히려 고마운 마음마저 들었다.

　맏이로 자라 혼자 고민하고 스스로 해결하는 것이 습관이 된 나는 흐트러진 모습을 보이지 않으려고 무던히 노력하며 살았다. 내 고민을 남들과 나누기보다 혼자 끙끙 앓은 적이 대부분이었다. 하지만 그날 알게 되었다. 슬프면 슬프다고, 힘들면 힘들다고 솔직하게 말하고 나를 내려놓는 것이 왜 필요한지를. 때로는 약한 모습을 보여도 괜찮다는 것을 이젠 안다. 그건 약한 모습이 아니라 인간적인 모습이기 때문이다. 이제는 더 이상 나의 감정을 포장하며 살지 않을 것이다.

딸과 함께 자라다

"치즈 줘! 치즈 줘!"

갓 돌이 지났을 무렵, 딸아이가 할 줄 아는 몇 안 되는 문장 중 하나이다. 이유식을 시작하고 치즈를 주기 시작했더니 그 맛에 반해 하루에도 몇 번씩 더 달라고 졸랐다. 나트륨 때문에 하루 한 장만 먹도록 권장하고 있었기에 더는 안 된다며 원칙을 지키려고 애썼다. 그때의 카랑카랑했던 목소리는 지금도 귓가에 맴돌며 '그게 뭐라고 내가 그렇게 실랑이를 했을까?' 하는 미안한 마음이 들게 한다. 엄마가 되고 모든 게 처음이다 보니 육아 지침서와 인터넷에 의존하며 아이를 키웠다. 그 기준에서 벗어나면 큰일이라도 나는 줄 알고 전전긍긍하며 자신을, 그리고 딸아이를 힘들게 만들었다.

아이를 키우는 데는 엄청난 체력과 정신력이 필요했다. 하루를 잘 버텨내지 못해 생기는 짜증과 분노를 아이에게 고스란히 전달하고 이내 후회하기를 반복하며 늘 자괴감으로 가득한 날들을 보냈다.

'SNS 속 엄마들은 어쩜 저렇게 한없이 너그러울까? 항상 예쁜 것과 좋은 것들로 정성을 다하며 키우겠지? 긍정적인 언어와 미소가 가득한 하루를 보내며 늘 행복하기만 하겠지? 그런데 나는 왜 늘 이 모양일까?'

남들과 다르게 살고 싶지 않았다. SNS 속 엄마들 모습처럼 멋지고 예쁘게 그리고 항상 순탄하길 바랐다. 그 욕심이 지나쳐 남과 다른 내 아이를 받아들이는 데도 시간이 오래 걸렸다. 태어나서부터 늘 안겨 있어야만 울지 않았기 때문에 한 몸처럼 붙어 지내야 했고, 입학할 때까지 밤마다 깨서 겁에 질린 듯 우는 아이를 달래느라 밤잠을 설쳐야 했다. 집 화장실조차 혼자 가지 못할 만큼 겁이 많은 아이였고, 박물관이나 공연을 보러 가면 무섭다며 입구에서부터 거부하고 나올 때가 다반사였다. 수업 시간에 발표 한 번 하지 않고, 친구들과 선생님에게 말 한 번 건네지 못하는 답답한 아이였다.

"다른 친구들은 다 잘 보는데 넌 왜 못 봐! 뭐가 무서워! 하나도 안 무서워."

"손들고, 앞에 나가 봐. 직접 얘기해 봐. 왜 못 해! 다른 친구들처럼!"

두려움을 이겨내라고 타박했다. 어린아이에게 남들과 같아져야 한다고 강요했던 내가, 그리고 남들과 같지 않다고 조바심 냈던 내가 지금은 부끄럽다. 언젠가는 아이 스스로 이겨낼 텐데 그때는 왜 그렇게 심각하게만 느껴졌는지 모르겠다.

오랜만에 만난 친구 앞에서 푸념을 늘어놓았다. 이미 훌쩍 커 버린 딸을 둔 친구가 그날 나에게 해 주었던 말이 두고두고 기억에 남아 그 시간을 버텨낼 힘이 되어 주었다.

"안아 줄 수 있을 때 많이 안아 줘."
"안아 달라고 하지 않는 날이 언젠가는 오니까."

'그래. 언젠가는 내 품을 떠날 아이들인데….'

안아 주고 또 안아 주며, 현실을 즐겁게 받아들이기로 했다. 우연한 기회에 '기질'은 사람마다 다르고, 어느 정도 타고나는 것이라 쉽게 바뀌지 않는다는 것을 알게 되었다. 집안에 비슷한 사람이 있을 수도 있다는 얘기를 듣고 그제야 아이를 이해할 수 있었다. 바로 그 사람이 나, 그리고 남편이었다. 고소공포증이 있는 남편, 어둠을 무서워하는 나. 내가 두려움을 느꼈던 지나온 순간들을 떠올리며 알게 되었다. 나와 다르게 씩씩하게 살아가길 바라는 마음 때문에 두려움에 떨고 있는 아이를 다그친 걸 후회했다.

'우리 아이가 가졌던 두려움의 크기가 내 것과 다를 바가 없었겠구나.'

그날 이후 아이들을 있는 그대로 인정하기로 마음먹었다. 무서워서 같이 있어 달라고 하면 기꺼이 함께하고, 공개 수업 때 손 한 번 들지 않아도 친구를 쉽게 사귀지 못해도 재촉하지 않는다. 조금씩 '기다릴 줄 아는 엄마'로 성장해 가고 있다. 딸이 나를 이렇게 변화시켰다. 언젠가는 다 해낼 거라 믿으며 기다려야 한다는 것을 깨닫게 해 주었다. 세상 속에 다양한 사람이 있듯이 우리 아이도 제 몫을 하리라는 믿음이 생겨났다. 5학년이 된 지금도 번쩍 들어 안아 주면 밝은 미소로 환하게 웃는 아이. 그 모습을 보는 것이 소소한 행복이 되었다. 그런 아이를 보며 다짐한다.

'세상 기준에 부합하는 엄마'가 아니라 '아이에게 필요한 엄마'가 되겠다고.

좋은 부모가 되어 주지 못해 미안해

우리 부부는 동갑내기다. 연애하는 동안 화를 잘 내지 않고, 작은 것에 예민하지 않던 그의 성격이 참 마음에 들었다. 꼼꼼하고, 까다로우면서도 자유분방한 내 성격을 묵묵히 잘 받아 주는 남편이 나랑 잘 맞는다고 생각해 결혼까지 하게 되었다. 하지만 결혼 후 서로 같은 공간을 공유하고, 많은 시간을 함께하면서 장점이라고 생각했던 부분이 오히려 서로를 부딪치게 만들었다. 할 일을 꼼꼼히 챙기고 대충하는 것을 싫어하는 나와 어떤 일이든 급할 게 없고 해야 할 일을 놓치거나 실수해도 답답함이 하나도 없는 남편. 우리는 서로를 이해하지 못했다.

답답한 마음에 나는 일방적으로 어떤 일이 필요한지 어떻게 해야 하는지 따라다니며 얘기했고, 그 말은 잔소리가 되어 그의 귀에 들어갔다. '상대방을 바꾸려 하지 말고 있는 그대로 받아들이자' 하고 아무리 되뇌어도 집안일과 육아를 도맡아 하기에는 버거웠다. 나는 워킹맘이었고, 아이들은 연년생이었다. 온종일 눈코 뜰 새 없이 바빴고, 집안일도 육아도 혼자 다 해낼 수 없는 상황이었다. 아버지 세대가 그랬듯이 퇴근하면 아내가 차려 주는 저녁을 먹은 뒤 TV를 보다가 잠들고 싶어 하는 남편이 원망스러웠다. 그에게 집안일은 '함께 하는 것'이 아니라 '도와주는 것'이었다. 정신적으로 육체적으로 힘이 들 때마다 서글프고 속상한 마음에 하루가 멀다 하고 화를 냈다. 서로 사랑하고 아껴 주는 화목한 가정을 꿈꾸었지만, 매번 화를 내고 있는 모습과 현실이 싫어 더 많이 미워했던 것 같다.

아이들 챙기는 몫, 티 안 나는 살림을 해내는 몫, 직장에서 경제 활동을 해야 하는 몫, 이 모든 것을 신경 쓰느라 누구보다 치열하게 하루하루 시간을 쪼개며 살았다. 그런데도 좋은 아내도, 좋은 엄마도 되지 못했다. 아침을 든든하게 챙겨 주지도 못했고, 집을 깨끗하게 정리 정돈하거나 옷을 다려 줄 여유도 없었다. 아이들에게 책도 많이 읽어 주지 못했고, 맛있는 요리도 해 주지 못했다. 무엇보다 가장 마음에 걸리는 것은 어느 하나 제대로 된 역할을 해내지 못하고 있다는 우

울한 마음이 들면 그 마음을 고스란히 아이와 남편에게 드러
낸 것이다. 작은 일에 화를 내고, 엄마와 아빠가 말다툼하는
모습을 자주 보여 준 것이 항상 미안했다. 그러던 어느 날,
아이가 물었다.

"엄마랑 아빠는 왜 매일 싸워?"
그 순간, 머릿속이 하얘졌다.
'아! 내가 너무 많이 와 버렸구나!'
아이들도 이제 제법 커서 우리 모습이 부끄럽게 느껴질 수
도 있겠다는 생각에 정신이 번쩍 들었다. 벌어진 일을 없던
일로 주워 담을 수도 없고 하루아침에 우리가 바뀔 리도 없
었다. 좋은 부모가 되기에는 너무 늦어 버린 것은 아닐까 생
각했고, 절망했다.
'남들도 다 이렇게 살겠지!'
"너도 언니랑 자주 싸우잖아."

스스로 합리화도 해 보고, 아이들에게 유치한 변명도 해 보
았지만 달라지는 건 없었다. 며칠을 생각에 잠겼다. 이제는
제법 대화가 통하는 아이들인 만큼 무엇이든 솔직하게 이야
기해 보기로 했다. 그리고 남편과도 좋은 부모의 모습을 보
여 주기 위해 노력하기로 했다.

"엄마가 왜 화를 냈을까?"

"지나고 보니 별일 아닌데 엄마가 너무했네."

"엄마도 모르는 것이 많고, 부족한 게 많다 보니 실수를 많이 해."

"좀 전에 엄마가 미안했어."

옳은 방법인지는 모르겠지만 그 이후 아이들이 한결 편안해 보였다. 우리 모두 서로 도움이 필요했고, 아이들도 엄마 아빠에게 도움이 된다는 것을 알게 되었다. 이제는 우리 중한 명이라도 감정이 격해지면 아이들이 스스럼없이 다가와 이성적이고 현실적인 조언도 곧잘 하며, 말다툼이 생기면 중재자 역할도 마다하지 않는다. 고민이 생기면 아이의 도움을 구하기도 하고, 힘들 때 손 내밀면 기꺼이 도와주기도 한다. 물건을 어디에 뒀는지 자주 깜빡하는 엄마에게 쪼르르 달려와 찾아 주고, 팔꿈치 통증으로 무거운 것을 못 들게 된 뒤부터는 늘 아이들이 장바구니를 들어준다. 이제 남편은 내가 자리를 비워도 믿고 아이들을 맡길 수 있을 만큼 든든해졌다. 나의 욕심에서 비롯된 답답한 마음과 서운한 마음을 하나둘 내려놓으며, 우리 가족은 그렇게 모두 각자의 자리에서 조금씩 자라고 있다.

내 인생의 쉼표 만들기

어릴 때부터 궁금한 것도 하고 싶은 것도 많았던 나는 여
행을 좋아했다. 결혼하고 아이가 생기면 당연히 포기해야 할
일이라고 생각했다. 하지만 둘째가 돌이 지날 무렵부터 다시
주말마다 여행이나 체험을 다니기 시작했다. 마흔 살 엄마
는 연년생 육아로 지친 체력에도 불구하고 영혼까지 끌어모
아 여행을 다녔다. 첫째가 여섯 살 되던 겨울, 두 딸과 함께
셋이서 처음으로 비행기를 타고 제주도 여행을 갔다. 1년 뒤
한 번 더 제주도에서 멋진 추억을 만들고 돌아온 후 점점 용
기가 생겨났다. 첫째가 초등학생이 되었을 무렵에는 해외여
행에 도전했다.

첫 여행지는 비행시간이 짧은 오키나와였다. 할인 항공권

을 덜컥 예약하고, 출발 직전에 차량과 첫날 숙박만 정하고 선 아빠의 배웅을 받으며 셋이 모험을 시작했다. 낯선 여행 지에서 아이들을 데리고 안전하게 잘 다닐 수 있을지 걱정이 앞섰지만, 결과는 대성공이었다. 그렇게 값진 경험을 하고 온 이후 두려움이 사라졌다.

두 번째 여행은 같은 해 겨울, 사이판 한 달 살기였다. 긴 해외여행에는 금전적인 여유가 필수지만 인생에 한 번밖에 없을지도 모르는 '시간'이라는 기회를 놓치고 싶지 않았다. 이것저것 따져 보지 않고 용기 내어 엄마 셋, 아이 일곱이 함 께 사이판에서 한 달을 보냈다. 지금껏 다녀 본 그 어떤 여행 보다 여유로웠고, 매 순간이 행복했으며, 아이들도 가장 즐 거워한 여행이었다. 마음 착한 동생들과 아이의 또래 친구 들, 한 달이라는 시간적 여유, 굳이 관광지를 찾아다니지 않 아도 되는 곳곳의 아름다운 풍경, 짧게나마 함께할 수 있었 던 남편, 이 모든 조합이 환상적인 추억을 만들어냈다.

어느 곳을 지나도 마주하는 모든 풍경이 그림이었다. 마음 만 먹으면 언제든 바닷가로 나가 석양이 질 때까지 수영하며 즐겁게 지낼 수 있었다. 일주일에 한 번 야시장이 열리는 날 에는 선선한 바람과 함께 숯불 꼬치를 먹으며 원주민 공연 을 봤다. 함께 어울려 춤도 추고, 까맣게 그을린 얼굴로 "까르르" 웃던 아이들의 모습이 아직도 생생하다. 우리 네 식구, 만세절벽에 누워 밤하늘 가득 수놓은 별을 바라보던 그 순간을 잊지 못한다. 선셋 크루즈에서 해지는 아름다운 풍경과 함께 더없이 행복했던 그 순간, 마음이 벅차 뜨거운 눈물이 흘러내렸던 그 날 또한 잊을 수 없다. 여행은 끝났지만, 추억 하나하나가 삶의 원동력으로 남았다. 반복되는 일상 속 작은 스트레스를 날려 주고, 지친 마음을 위로하는 큰 힘이 되어 주었다. 중요한 걸 놓치고 있지는 않은지 깨닫게 했으며, 더욱더 활기차게 일과 육아를 할 수 있도록 도와주었다.

사이판 여행 이후, 시간만 허락되면 모든 걱정과 두려움은 뒤로하고 용기 내어 떠났다. 오사카, 타이베이, 괌, 말레이시아, 싱가포르, 브루나이, 홍콩, 마카오, 세부. 모든 여행이 즐겁고, 행복했지만 한 달을 머문 곳은 더욱 특별했다. 몇 배의 감동이 있었고, 진한 추억으로 남았다. 세부에서 코로나 소식을 처음 접하고 일주일 뒤 예정된 날짜에 귀국했다. 공항에는 마스크를 착용한 사람이 많았고, 체온 측정을 꼼꼼히 진행하고 있었다. 평소와 다른 입국장 모습에 조금 긴장되기도 했지만 좋은 추억을 만들고 왔다는 기쁨으로 가득 찼다.

코로나로 인해 발이 묶이면서 시간은 흐르고 아이들도 훌쩍 자랐다. 이제는 코로나가 아니어도 한 달 살기 같은 여행은 계획할 수 없는 상황이 되어 버렸다. 이러한 현실을 마주하며 그동안의 용기가 정말 다행스럽게 느껴졌다. 첫째가 초등학교에 입학한 후 3년 동안 충분히 좋은 경험을 했고, 그때의 추억들은 끊임없이 대화 소재가 되어 우리를 즐겁게 하고 있다. 여행을 계획할 때마다 언제나 두렵고 걱정되는 마음이 컸지만, 고민의 답은 항상 '할 수 있을 때 하자'였다. 그 과정에서 용기를 냈고, 후회 없이 일상을 살아갈 힘을 얻었다. 여유가 될 때, 모든 상황이 다 갖추어졌을 때를 기다리다 영영 그때가 오지 않을 수도 있다. 쉬어가는 것도 용기가 필요하다. 앞으로 그런 용기를 또 낼 수 있을지 모르겠지만 선택의 순간이 온다면 나는 망설이지 않을 것이다.

나는 누구보다 행복한 사람입니다

아이와 병원에서 보냈던 많은 날들은 지우고 싶은 과거가
아닌 나보다 더 힘든 사람들을 돌아볼 계기가 되어 주었다.
그 속에서 작은 것 하나에도 감사할 줄 아는 마음을 배웠다.
최악의 상황을 만났다고 생각했지만, 더한 아픔을 겪는 사람
이 얼마나 많은지 알게 되었다. 내가 느끼는 불편함과 불만
이 얼마나 하찮은 것이었는지 깨달았다.

세상에서 가장 불행한 사람이라 느꼈던 시간이 지나고, 그
일을 바탕으로 나는 조금 더 성장했다. 죽음에 대한 두려움
은 커졌지만, 그 대신 '삶이 끝난다면 무엇을 가장 후회하게
될까'를 고민하게 되었다. 그리고 내일 죽을 것처럼 살아가
고자 다짐했다. 죽는 순간, 사랑하는 사람들에게 상처 준 일
과 다음에 하겠다고 미뤄둔 일로 인해 후회하는 일이 생기지
않도록 현재의 행복에 집중하면서 살아가고자 한다.

나는 행복한 사람이다.

사랑하는 가족이 있고, 무사히 눈을 떠 새로운 아침을 시작할 수 있으며, 건강하게 일상을 살아갈 수 있기에 행복하다.

그동안 무너지지 않고 잘 헤쳐 나왔기에 행복하고, 힘들 때 함께하는 소중한 가족과 친구들이 있어 행복하다. 나를 위해 기도해 주던 마음 따뜻한 사람들, 아이의 입원 소식에 한달음에 달려와 준 친구들, 자주 보지 않아도 변함없이 나의 곁을 지켜주는 사람들이 있기에 외롭지 않다. 그렇게 기쁨과 슬픔을 함께할 수 있는 나의 편이 있어 행복하다.

"나는 행복한 사람이다.
사랑하는 가족이 있고,
무사히 눈을 떠 새로운 아침을 시작할 수 있으며,
건강하게 일상을 살아갈 수 있기에 행복하다."

최 해 나

과학자이자 대학교수.
이성적 사고를 요구하는 본업과 감성적 일상의 조화를 추구합니다.
남편 류와 함께 따뜻한 밥을 해 먹으며 곧 태어날 아기 '감자'를 기다립니다.

✉ sunrisechoi7@naver.com

딩동, 선물이 도착했습니다

내가 당신의 사랑 속에서
이쁘고 정갈하게 빚어지고 다듬어질 때,
당신은 세월의 풍파에 헤지고 닳아
색이 바래가고 있었다는 것을 알았습니다.

그럼에도 아직 영롱한 빛을 내는 당신.

나는 당신 덕분에
이런 빛깔을, 이런 모양을, 이런 단단함을 가지고
세상과 맞설 수 있게 되었습니다.

그러다가 문득 그런 생각이 들었어요.
당신이 빚어낸 나라는 사람이
얼마나 진심으로 이 삶을 살고 있는지
그대에게 알려드린 적이 있던가요?

그래서 오늘,
나의 이야기를 담은 작은 선물을 당신께 드리려고 해요.

당신에게 작은 위로와 기쁨이 되길 바라요.

2021년 봄 내음이 나는 어느 날
글을 시작하며,
최 해 나

내가 무슨 부귀영화를 누리겠다고

'우와, 여기가 어디지? 프레이… 케… 스톨… 렌…?'
"그래, 바로 여기다!"

우연히 보게 된 사진 속에 하늘과 맞닿아 있는 돌산과 바짝 깎아지른 듯한 절벽, 그 앞에 위험하게 서 있는 여행자가 보인다.

나의 여행은 이렇게 시작된다. 일 년 만에 들른 미용실에서 잡지를 뒤적거리다가 우연히 마주치게 되는 사진 한 장으로부터, 혹은 컴퓨터 바탕화면에 무작위로 나타나는 배경 사진 한 장으로부터 말이다.

여행의 목적지가 정해지고 나면 그다음부터는 일사천리다. 목적지에 도달하기 위해 가야 할 도시와 나라가 정해지고, 주변에 같이 들릴 만한 여행지를 검색한다. 보통 이렇게 찾은 여행지는 현재 사는 곳과는 아주 먼 유럽이나 아메리카 대륙 어디 즈음에 있다. 아르바이트로 힘들게 번 비행기 삯을 효율적으로 쓰기 위해 도착 도시와 출발 도시를 바꿔보며 동선을 정리하는 과정을 거친다. 나만의 여행 루트가 완성되는 순간이다.

프레이케스톨렌은 노르웨이 스타방에르 지역에서 갈 수 있는 피오르 트래킹 코스였다. 하이킹해서 올라가면 마치 신이 놀던 놀이터와 같은 평평한 바위가 있는데, 그 아찔한 높이에서 어떤 사람들은 점프하고, 또 어떤 사람들은 걸터앉기도 했다. 일명 펄핏락(Pulpit rock)으로 불리는 그곳.

사실 북유럽은 여행지로 전혀 생각해 보지 않았던 곳이었다. 어디선가 북유럽은 물가가 너무 비싸서 가난한 배낭여행자들이 배를 곯고 다닌다는 이야기를 들은 적이 있기 때문이었다. 하지만 어쩔 것인가? 주사위는 던져졌다.

'어서 저 사진으로 들어가 숨 쉬고 싶다.'

이런 생각을 하면서 여행 준비에 박차를 가한다. 모든 여행 준비가 끝나면, 아니 끝이 나기 전에 약간의 두려움과 그보다 더 큰 설렘을 안고 비행기에 오른다. 시시각각으로 변하는 구름의 모습에 정신을 빼앗겼다가 두 눈과 달이 평행선으로 마주치고 나면, 어제는 한국 땅을 밟고 있었던 내가 오늘은 지구 반대편 땅을 밟고 있다.

비행기에서 내리면 이제부터는 사실 약간 골치가 아프다. 꼼꼼하게 계획을 짜는 편이 아니므로, 내가 서 있는 이곳이 도시의 동쪽인지 서쪽인지조차 알 수 없다. 아무리 주위를 둘러보아도 내 몸만 한 여행용 가방을 끌고 다니는 조그마한 동양인 여자도 나밖에 없다. "여긴 어디? 나는 누구?"란 말이 절로 나온다.

우여곡절 끝에 숙소에 도착하면 약간의 안도감과 함께 또 다른 이질감이 나를 살짝 긴장시킨다. 환기를 위해 커튼을 젖히고 창문을 열면, 숙소 창밖으로 보이는 풍경이 너무나 생경하다. 나무 색깔도 다르고, 비둘기 모양도 다르고, 풀 한 포기, 꽃 한 송이조차 한국의 그것과 다르다. 잠시 짐을 정리한 다음, 오랜 비행으로 피곤한 몸을 이끌고 꼭 마을을 거닌다. 이 도시에 나를 적응시키려는 의식 같은 것이다. 그러다 보면 나의 나라와 비슷한 것을 찾게 된다. 길거리에서 활기차게 물건을 파는 상인, 엄마 손을 꼭 잡고 가는 아이의 맑은 웃음, 젊은 여자와 남자의 사랑스러운 눈짓, 문 앞에서 지나가는 사람들을 구경하는 백발의 할머니까지. 혼자 마을을 돌아본 후 나직한 목소리로 혼잣말을 내뱉는다.

"아, 여기도 그냥 사람 사는 동네구나."

이렇게 한숨 돌리고 나면 편안한 마음으로 긴 잠에 빠진다.

프레이케스톨렌을 찾아가는 길은 그렇게 쉽지 않았다. 오슬로에서 스타방에르로 가는 기차를 타고 스타방에르의 페리 선착장에서 타우행 페리를 탄다. 1시간 30여 분 페리를 타고 타우에 도착한 다음, 또다시 버스를 타고 프레이케스톨렌 앞에 있는 산장으로 가는 여정이었다. 모든 교통편이 한 번에 연결이 되어 있는 것이 아닌 데다가 정류소와 선착장의 위치도 제각각이어서 온 신경이 곤두섰다. 짧은 영어로 묻고 물어 숙소에 겨우 도착한 나는 그제야 긴장감을 풀고 주위를 둘러본다.

"우와아…."

짧은 탄성을 내뱉었다. 프레이케스톨렌의 펄핏락에는 아직 한 걸음도 내딛지 않았지만, 숙소 앞 호수를 보고 있노라니

맑은 눈동자를 가진 요정들이 내 주위를 뛰어다니는 것만 같았다. 나는 호수를 마주 보며 한국에서 가져온 컵라면을 먹고, 커피를 한 잔 마셨다.

한참이나 호수를 응시하던 나는 프레이케스톨렌의 펄핏락으로 발걸음을 옮겼다. 올라가는 하이킹 코스는 생각보다 완만했다. 그래서인지 나이 지긋한 할머니와 할아버지도 손잡고 함께 하이킹하고, 막 돌이 되었을 법한 아기를 아빠가 한 손으로 안고 올라가기도 했다. 다양한 사람들을 구경하며 한 걸음씩 올라갈수록 꼭대기에 다다르고 있음을 알려 주는 깨끗한 바람 내음이 났다. 바로 그 순간.

'아…! 이거구나.'

이거였다. 사진으로만 보던 자연의 웅장함이 눈앞에 펼쳐졌다. 지금만큼은 그 어떤 호화스러운 여행지도 부럽지 않았다. 그토록 되고 싶었던 사진 속 주인공으로 지금 살아 있다.

나는, 여행자의 방식으로 나만의 삶을 살아왔다. 여행 목적지 사진 한 장으로부터 전해져 오는 설렘처럼 내가 그리는 미래는 나를 설레게 한다. 그런 설레는 모습을 머릿속에 그려 놓으면 거기까지 가기 위한 나머지 여정은 최종 목적지에 가기 위해 들르는 여행지와 비슷하다. 길을 찾지 못해 두리 번거리기가 일쑤다. 이리저리 헤매다가 생각지도 못했던 풍경을 보고 마음을 뺏긴다. 그러다가 결국에 도착한 나의 종착점, 그리고 그 희열.

매년, 또는 삶의 한 챕터마다 새로운 나의 모습을 설정하고 인생의 여행 계획을 짜며 배낭 하나 짊어진 그 여행을 즐긴다. 그럼에도 불구하고 한번은 그날 하루가 너무 힘들어 친구에게 하소연한 적이 있다.

"내가 무슨 부귀영화를 누리려고 이러고 있냐?"

그때는 나도, 친구도 답을 찾지 못하고 웃기만 했는데, 이제야 알겠다.

누가 배낭여행을 하면서 부귀영화를 누릴 생각을 하는가. 그저 삶이라는 여정 속에서 짐가방 하나 짊어진 여행을 할 뿐, 애초에 부귀영화를 누릴 생각 따윈 없었던 것을.

내 인생을 새로 고침 합니다

TV 프로그램 〈나 혼자 산다〉를 보면서 연예인들의 일상과 그들의 삶에 대해 생각해 본 적이 있다. TV 속에 그려지는 그들의 모습은 한없이 우아하고, 바쁘고, 다재다능하다. 나와는 다른 삶의 온도를 느끼며 어떤 때는 열광하기도 하고, 또 어떤 때는 시샘하기도 한다. SNS에 넘쳐나는 소위 인플루언서들의 모습을 보아도 마찬가지다. 친한 친구의 인스타그램은 또 어떠한가. 그들의 피드 속에도 나와 비교되는 모습이 너무나 많다.

이런 생각이 찾아 들 때면 나는 삶의 루틴을 찾는다. 눈을 뜨고 다시 잠자리에 들 때까지 일어나는 많은 것을 루틴화해 놓는다. 그 루틴을 통해 아주 작은 나만의 즐거움을 하나씩 채워 나간다.

 루틴 찾기는 어려워 보이지만 마냥 어렵기만 한 것은 아니다. 먼저 하루나 한주, 또는 한 달 동안 꼭 했으면 하는 일들을 적어 본다. 이를테면, 아침에 마시는 따뜻한 커피 한 잔, 매일 오후 3시에 하는 스콧 10개, 목요일 저녁 글쓰기, 토요일 아침을 여는 피아노 연주, 그리고 매월 비슷한 시간대에 사랑하는 이들에게 묻는 안부 같은 것들.

 주의할 점은 처음부터 지켜야 할 루틴이 너무 많으면 좋지 않다는 것이다. 대여섯 개 정도 되는 루틴을 찾아 삶 구석구석에 끼워 넣는다. 초반에는 해냈다는 성취감이 매우 중요하다. 아직 몸에 체득되지 않은 루틴이 많으므로 이를 잊지 않기 위해 시작할 시간에 알람을 맞추기도 하고, 루틴을 잘 지켰을 때는 '참 잘했어요' 스티커를 책상 달력에 붙이기도 한다.

 물론 잘 지키지 못하는 날도 있다. 그럴 때 중요한 것은 '루틴이 부담으로 작용해서는 안 된다'는 마인드다. 컨디션이 좋지 않을 때나 너무나 바쁜 날에는 루틴에 집착하지 않는다. 그냥 쿨하게 내일을 기약한다. 내일은 또 내일의 태양이 밝게 비추고 새로운 루틴을 시작하기 더없이 좋은 날이기 때문이다. 작심삼일도 두 번만 하면 일주일을 거의 채울 수 있다.

삶의 루틴 찾기는 우리 인생을 새로 고침하는 데 큰 도움을 준다. 갖가지 정보를 찾으려고 인터넷 창을 너무 많이 열어 놓았다가 컴퓨터가 먹통이 될 때가 있다. 그럴 때 F5, 새로 고침 버튼을 누른다. 그러면 이내 버벅거림은 사라지고 원래의 산뜻한 화면이 다시 나온다. 우리네 삶도 비슷하다. 때때로 세상살이에 지치거나 일이 풀리지 않을 때, 또는 모든 것에 지루함을 느낄 때가 있다. 그럴 때 인생의 새로 고침 버튼을 눌러 보자. 그러면 많은 것이 리셋되면서 꼭 해야만 하는 루틴만 남게 된다.

나는 가장 사랑하는 그 시간을 찾아 지친 나를 눕히고 마음을 다독인다. 내가 살아가는 이 세상에서 나 자신이 주인공이 되는 삶. 다른 사람의 인생을 부러워하지 않고, 내 인생을 폄하하지 않으며 오롯이 나만의 인생을 진심으로 사랑하는 삶. 나는 오늘도 루틴을 지키는 삶을 산다. 그러다가 언젠가 삶에 지쳐 먹통이 된 기분이 들면, 그때는 기분 좋게 F5 버튼을 누를 것이다.

'새로 고침 되었습니다!'

우울 열매

나의 오랜 친구이자 반려자인 류는 겁이 많다. 특히 새로운 시도에 대한 무서움이 많은 편이다. 그는 식당 메뉴판에서 '주방장 추천'이나 'BEST' 메뉴만 시키고, 물건을 살 때는 많은 사람의 후기를 중요하게 생각한다. 우리가 처음 싸웠던 이유는 류와 함께 떠난 첫 여행에서 새로운 레스토랑에서 먹을 수 있는 지역 대표 요리보다 맥도날드의 빅맥버거를 더 많이 먹었기 때문이었다.

이런 성격을 가진 그가 오랫동안 업으로 삼아 온 일은 늘 새로운 것을 찾고 시도해야 하는, 쉽지 않은 일이었다.

2018년의 시카고 겨울바람은 그 어느 때보다 매서웠다. 마치 링 위에서 펼치는 치열한 격투 경기처럼, 매서운 바람을 연속으로 얻어맞은 우리 집 창문 섀시는 이상하게 앓는 소리를 냈다. 그 겨울에 류는 자신이 해 온 일에 대해 많이 고민했다.

'내가 가는 길이 제대로 된 길일까?'
'왜 이렇게 겁이 나는 거지?'

걸어온 길을 생각하면 할수록 앞으로 걸어갈 길이 겁났고, 잘 헤쳐 나갈 자신이 없었다. 류의 눈에 눈물이 고였다. 힘이 빠지고 잠도 오지 않았다. 잠을 자지 못하고 뜬 눈으로 고민하다가 일하러 간 날은 종일 머릿속이 멍했다. 류는 하는 일에 자신을 잃어 갔다. 마음을 다잡아 봤지만, 더욱더 겁을 낼 뿐이었다.

이런 상황은 그와 함께 있던 나에게도 쉽지 않은 일이었다. 정말 그랬다. 바로 옆에서 류를 바라보는 내 머릿속은 너무 복잡했고, 몸은 항상 굳어 있었다. 우울함의 동굴을 파고드는 사람에게 해 줄 수 있는 것은 무엇일까? 그보다 더 근본적인 질문은 '나는 그의 불안과 우울함을 온전히 이해할 수 있는가'였다.

마음의 감기라고 일컫는 우울증이 무서운 이유는 한 사람의 가장 약한 부분을 스스로 계속 공격하게 만들기 때문이다. 그 어느 때보다 쉽게 좌절감과 패배감을 느끼게 한다. 그런 사람에 대한 섣부른 이해와 공감은 그 사람뿐만 아니라 나 자신을 기만하는 것이다. 나는, 아니 그 누구든, 그가 현재 겪고 있는 우울함을 영원히 이해할 수 없을 것이다. 사이비 교주나 정말 악한 사람들을 보면, 인생의 가장 약한 지점을 지나는 사람에게 접근해 모든 것을 공감한다며 아픔을 어루만진 후 그들의 영혼을 빼앗는다. 적어도 나는 그에게 사이비 교주는 되고 싶지 않았다.

하지만 시간이 지날수록 점점 더 무력함을 느꼈다. '괜찮아. 잘할 수 있어. 잘하고 있다니깐. 힘들겠다….' 쉽게 할 수 있는 말은 많았지만, 어떤 단어와 문장의 조합도 그에게 적절해 보이지 않았기에 말하지 않았다. 그냥 바라볼 수밖에, 그리고 그의 이야기를 들어 줄 수밖에 없었던 날들이 천천히 지나갔다.

그의 말수는 점점 줄어들었다. 그리고 불면증에 시달리던 류는 몸이 아프기 시작했다. 더는 바라볼 수 없었기에 가족들에게 이 상황을 알렸고, 류는 나와 많은 이야기를 나눈 끝에 10년간 해 왔던 일을 정리하고 한국으로 먼저 귀국했다.

이런 내막을 모르는 많은 지인이 그가 일을 그만둔 것을 아쉬워했다. 그러나 그의 지난한 여정을 봐 왔던 나는 이제야 정말 제대로 된 결정을 내렸다고 생각했다. 지금까지 그가 그만두지 못한 이유는 부모님의 기대도, 그의 나약함도, 나에 대한 미안함 때문도 아니었다. 그냥 무서워서 그런 거였다. 자신의 결정이 초래할 다양한 상황이 무서웠던 것이다. 그런 무서움은 그의 우울함을 자극했고, 불안에 떨게 했다. 그러나 동시에 자신과 맞지 않는 이 일을 지속해 오는 동안 겁에 대한 항체를 키워 왔고, 급기야 그것을 무찌를 수 있는 상태까지 도달하게 되었다. 그래서 10년 동안 해 온 일을 그만둘 수 있었다. 나는 그런 그가 자랑스러웠고, 한편으론 그동안 힘들게 일해 온 그가 안쓰러웠다.

우울감에 사로잡혀 힘들어하던 류는 일을 그만두고 한국으로 돌아가자 점점 나아졌다. 역시, 그 자신 이외에는 누구도 고칠 수 없는 병이었다. 그가 삼킨 우울 열매는 어느샌가 소화되어 몸 밖으로 빠져나왔다.

우리는 요즘도 가끔 그때를 생각한다. 새로운 삶의 기준점일 뿐, 우리에게는 아픈 기억이 아니다. 무섭고 무기력했고 겁이 났지만 우리는 함께였고, 함께였기에 이겨낼 수 있었던 시간이었다. 나와 가까운 누군가가 우울함의 터널을 지날 때, 나는 여전히 그 어떤 위로도 할 수 없을 것 같다. 하지만 이 말은 꼭 전해 주려고 한다.

"그 어떤 것도 망칠 것은 없어. 너는 우울 열매를 먹었을 뿐, 이제 소화하기만 하면 돼."

이 정도 하셨으면 그래도...

피아노는 나의 오랜 벗이다. 피아노를 치면 작은 소우주와 연결되는 기분이다. 악보를 따라 흐르는 검은 건반, 흰 건반의 조화로운 터치, 부드럽게 어루만지는 페달. 눈을 지그시 감으면 피아노 음률 안으로 들어가 멀리 있는 그대를 하염없이 기다리기도 하고, 다시는 못할 것만 같은 세찬 헤어짐을 경험하기도 한다.

캔버스를 다양한 물감으로 채워 넣는 것도 참 재미있는 일이다. 하얀 캔버스 안에 물든 아무런 색의 아무렇지 않은 조화로움. 밝은 빛을 넣으면 이 마음에도 벚꽃이 흐드러진다. 어두운 빛을 넣으면 곧장 고요한 심연의 터널을 지난다. 그 역동적인 색 조합의 행위 또한 내가 잘하는 일 중 하나다.

이 밖에도 여러 가지 취미를 갖게 된 것은 새로운 것을 낯설어하지 않고 관심 있는 것에 집착이 강한 나의 기질 덕분이다. 천재적인 재능을 특별히 발견하지는 못했지만, 이런 취미 생활은 내 삶을 풍요롭게 만드는 데 지극히 도움이 되는 것은 분명하다.

엄마는 내가 요리에는 젬병이리라 생각하셨다. 결혼하기 전엔 그 흔한 계란후라이조차 하지 않았으므로 그 주장에는 설득력이 있었다. 하지만 언제부터인가 요리에 관심을 가지기 시작하면서 다양한 음식 재료와 맛에 눈을 뜨게 되었고, 딸네 집에 초대된 엄마는 내 손으로 만든 음식이 나올 때마다 깜짝 놀라곤 하신다.

"해나야, 넌 못하는 게 없구나. 내 딸인 게 신기해."

엄마는 내가 당신 인생의 큰 걸작이기라도 한 것처럼 흐뭇해하며 이야기하셨다.

뭐든지 어렵지 않게 뚝딱뚝딱해내는 나였지만, 아무리 해도 못하는 것이 있었다. 학창 시절로 치자면 체육이라는 과목이었다. 달리기, 뜀뛰기, 팔굽혀펴기 등 온통 못하는 것으로 범벅이 된 과목. 다른 과목은 모두 '수'를 받아도 실기평가의 비중이 큰 체육은 아무리 애를 써도 '우'밖에 나오지 않았다.

"이놈의 몸뚱어리는 도대체 왜 이러는 거야."

이십 대가 넘어 우연히 시작하게 된 클라이밍. 클라이밍은 인공으로 만든 암벽 구조물에 설치된 홀드를 따라 손과 발을 이용해 목표 지점을 향해 올라가는 스포츠다. 클라이밍을 즐기는 클라이머들을 보노라니 스파이더맨이 되기 위해 준비하는 사람들 같았다. 그 모습이 멋져 보여 덜컥 시작은 해 버렸지만, 전체적으로 몸에 근육이 없었던 탓인지 그 수직 벽에서 계속 떨어지기만 했다.

그렇지만 클라이밍은 정말이지 매력적인 스포츠였다. 특히 볼더링이라는 종목은 코치가 목표 지점까지 다다를 수 있는 홀드를 정해 놓고 그 홀드만 짚어야 하는 일종의 '문제'를 푸는 것인데, 그럴 때는 많은 클라이머가 모여 함께 고민하고 도전했다. 마치 천재들이 어려운 수학 문제를 풀고자 모여든 지식의 광장 같았다.

일주일에 두세 번은 꼭 클라이밍장에 들렀지만 나는 계속 인공 암벽에서 떨어졌고 쉬운 볼더링 문제조차도 풀지 못했다.

그런 나를 보며 코치님도 안타깝다는 표정으로 이야기했다.

"아유, 해나 씨. 이 정도 하셨으면 그래도 이것보다는 잘해야 할 텐데요."

나는 심기일전하며 생각했다.

'열심히 하면 조만간 저 사람들처럼 멋지게 잘할 수 있겠지? 그때 배구처럼 말이야.'

중학교 2학년 때, 배구가 실기평가 주제로 선정된 날이었다. 다른 친구들은 배구공을 손목 위에서 통통 잘도 튕기는데, 나한테 들어온 배구공은 어디로 갈지 모르는 미운 4살 아이처럼 사방으로 튀었다. 핸들링이 전혀 되지 않았던 나는 A 점수 기준인 카운트 40개는커녕 5개도 채우지 못한 채 체육 시간이 끝났다.

하지만 이번만큼은 너무 잘하고 싶었기에, 2주 후에 예정된 배구 실기시험에 맞춰 매일매일 연습했다. 손목이 붓고 멍이 들었다. 다행히 시간이 지날수록 나름의 노하우가 생겼다. 다리는 땅에 꽂은 듯 힘을 주되 무릎은 배구공이 올라가는 높이에 맞춰 살짝살짝 접어 줘야 한다. 어깨 힘은 빼고 배구공이 편하게 올라갈 수 있도록 손목으로 그저 부드럽게 터치해 주는 것이다. 계속된 연습 끝에 조금씩 카운트가 늘었다. 결전의 실기시험 날, 나는 친구들의 박수를 받으며 당당하게 40개를 넘겼다.

그때를 생각하며 언젠가 이 클라이밍도 잘하게 될 것이라 기대했다. 하지만 시간이 흐를수록 클라이밍장에 가는 것이 부담스럽고 싫어졌다.

'오늘도 잘 안 될 텐데 뭐….'

나뿐만 아니라, 같이 클라이밍을 하는 동료들도 나의 클라이밍 실력을 전혀 기대하지 않는 모습이었다. 어김없이 벽에서 떨어지는 나를 보고 민망한 듯 웃었다.

여전히 암벽을 타다가 철퍼덕 큰 대자를 그리며 떨어진 어느 날. 갑자기 몸에서 영혼이 빠져나와 땅바닥에 뻗은 나의 모습을 발견한 것처럼, 갑자기 웃음이 나와 혼자 꺽꺽거리며 웃었다.

'이게 뭐라고, 진짜 못하긴 못한다. 증마알!! 근데 나는 왜 이딴 걸 계속하고 있는 거냐?'

방금까지만 해도 무조건 잘하려고 애썼는데, 혹은 잘하게 되기만을 기대했는데…. 못하는 것을 그대로 인정해 버리니 이런 내가 너무 웃기고 사랑스럽게 느껴졌다. 더욱더 웃긴 것은 이렇게 형편없는 실력에도 불구하고 클라이밍이라는 스포츠를 진심으로 사랑한다는 사실이다.

생각해 보면, 지금까지는 잘할 수 있는 것만 즐기며 살아왔다. 못하는 것은 잘하게 되기만을 바랐지, 그것 자체가 가지고 있는 매력을 충분히 느끼지 못했다. 본질을 놓쳐 버린 것이다.

그날 이후, 잘하지 못해도 내가 사랑하는 것을 더 많이 찾아보기로 했다. 못하는 것을 못하는 것으로 받아들인 이후, 나는 훨씬 더 풍요로운 시간을 마주하게 되었다. 그래서 오늘의 나는 어제의 나보다 훨씬 풍요롭다.

나만의 올림픽

　내가 이렇게 무료했나 싶을 만큼, 도쿄 올림픽 경기를 보는 재미에 흠뻑 빠졌다. 설레는 마음으로 휴가 계획을 세우고 새로운 여행지에 대한 기대로 가득 찰 7월 말 8월 초, 여름방학이지만 코로나 시대인지라 어디 가기에도 영 껄끄럽다. 대신 방구석 1열에서 올림픽에 나온 우리나라 선수들의 경기를 보며 목청껏 그들을 응원한다.

　여러 가지 우려와 기대가 뒤섞인 이번 올림픽은 다른 것을 차치하고 옆 나라 일본 도쿄에서 열리는지라 시차가 없다는 장점이 있다. 그래서인지 많은 경기를 다시 보기가 아닌 실제 라이브로 볼 수 있다. 같은 이유로 중계방송에서 계속 틀어 주는 우리나라 효자 종목뿐 아니라, 육상, 근대 5종, 다이

빙 등 이전 올림픽에서는 잘 보지 못했던 경기도 관심을 가지고 볼 기회가 생겼다.

올림픽 야구 경기를 보다가 공수 교대 시점이 되어 리모컨을 돌렸다. 방긋방긋 해맑은 얼굴로 "할 수 있다!"라고 되뇌는 그를 보았다. 그 누구보다 자신감 넘치는 모습으로 손뼉을 치며 관중들의 응원을 유도해냈다. '이건 무슨 경기지?'라고 생각할 찰나, 그 선수는 방금과는 다른 사뭇 진지한 얼굴로 달려 나가 한 마리 새처럼 2m 35cm의 높은 봉을 넘었다. 높이뛰기 한국 국가대표 선수 우상혁. 그는 자신의 키보다 47cm 높은 벽을 넘어섰다는 기쁨을 온몸으로 표현했다. 텔레비전을 보고 있는 나와 류도 함께 높이 뛰어 날아오른 듯 전율이 일었다. 그 이후에 도전한 2m 37cm, 2m 39cm는 아깝게 넘지 못했지만, 그는 4위라는 값진 기록을 달성하며 멋진 거수경례와 함께 올림픽을 마쳤다.

"4위라니… 너무 아깝다. 그치? 2m 39cm 마지막 시도에서는 진짜 넘는 줄 알았어."
"그러게. 그러면 적어도 동메달인데, 너무 아쉽다."

방송사도 아쉬운지 그가 2m 35cm를 성공한 영상과 2m 39cm를 아쉽게 넘지 못한 영상을 계속 반복해 틀어 주었다.

"내로라하는 올림픽 선수들 사이에서는 상대적으로 작은 키여서 무리가 있겠다."

"에이, 그래도 잘했어."

"그래도 좀 아쉽다. 메달 딸 수 있었는데⋯."

"우리도 이렇게 아쉬운데 선수 본인은 어떻겠어?"

이런 말을 주고받으며 나와 류는 우상혁 선수가 메달을 따지 못한 것을 연신 아까워했다.

얼마 후, 우연히 우상혁 선수의 인터뷰를 보게 되었다. 이번 올림픽에서 특히 재미있었고 그만큼 아쉬웠던 경기라 귀를 쫑긋하고 들었다. 기자가 물었다.

"높이뛰기 한국 신기록을 세운 소감이 어떠신가요?"

"진짜, 진짜, 진짜 열심히 준비했고요.

진짜 이거는 당연한 결과예요.

저는 무조건 믿고 있었고, 의심하지 않았어요."

기자가 다시 물었다.

"솔직히 메달을 따지 못해 아쉽지 않나요?"

"제 개인기록인 2m 33cm와 한국기록인 2m 35cm를 뛰고 2m 37cm와 2m 39cm에도 도전했어요. 도전을 안 했다면 후회가 남았겠지만, **도전했기 때문에 후회와 아쉬움은 전혀 없어요.**"

나는 약간 머리를 얻어맞은 느낌이 들었다.

자신이 노력한 성취에 대해 '당연한 결과'라고 말할 수 있는 사람이 몇이나 될까? 최고가 아니어도 그 결과에 후회와 아쉬움이 전혀 남지 않는 사람은 또 몇이나 될까?

학창 시절에는 성적에 너무나 연연했다. 한 문제 맞고 틀리는 데 모든 에너지를 쏟아부었다. 20대도 마찬가지였다. 나의 성취에 일희일비했다. 남들보다 뒤처지는 것 같으면 스트레스를 받았고, 그럴 때면 나를 채찍질했다. 얼마만큼 열심히 해서 이 정도의 결과를 만들어 냈는지는 생각하지 않았다. 만족하는 일도 없었다. 항상 후회와 아쉬움으로 가득 찼다. 그런 나에게 우상혁 선수는 '그만큼 열심히 했으면 된 거'라는 이야기를 전해 주고 있었다. 그냥 인터뷰일 뿐인데, 위로받는 느낌이 들었다. 주어진 상황에서 최선을 다해 살아가는 삶은 무조건 앞만 보고 달려가는 것이 아닐 것이다. 행복하게 즐기면서 사는 것, 긍정적인 마인드로 도전하기를 멈추지 않는 것이 진정 최선을 다해 살아가는 삶이라는 생각이 들었다.

이제 나만의 올림픽을 열어 보려고 한다. 그 올림픽에서 메달을 따든, 아쉽게 4위를 하든, 아니면 꼴찌로 결승선을 통과하든, 더는 중요하지 않다. 그저 최선을 다해 이 삶의 레이스를 뛰어 보려고 한다. 레이스를 마치고 난 후, 우상혁 선수처럼 나의 성취가 당연한 것이라고, 후회나 아쉬움 따위 없는 삶을 살았다고 말할 수 있게 되기를 바라면서.

고단한 일을 계속하는 법

과학자의 삶은 꽤 고단하다. 표현하자면 '을'의 연애와도 같다. 그녀를 너무나 사랑하지만, 그녀의 마음을 도대체 알 수 없는 '을'의 연애. 무표정으로 앉아 있는, 까만 머리칼을 차분히 늘어뜨린 그녀. 왠지 우울해 보이는 그녀의 속마음을 알기란 쉽지 않다. 오늘따라 왜 기분이 좋지 않은지, 내가 뭘 잘못한 것인지. '조금 전 저녁 메뉴를 선택할 때 의견을 물어보지 않았나?' 이런 생각을 하고 있을 때쯤, 어머나! 갑자기 그녀는 희미한 미소를 띤다. 혹시 그녀의 기분은 꽤 괜찮은 편인데 나 혼자 이렇게 전전긍긍하고 있는 것은 아닐까…. 머릿속은 한없이 복잡해지고 결국 아무것도 모르는 채 내 앞에 놓인 물잔만 만지작거린다.

나는 항상 이런 '을'의 연애를 하고 있다. 가설 설정, 연구 수행, 결과 해석…. 끊임없이 돌아가는 영원의 트라이앵글 속에서 예민한 촉각을 곤두세우며 하루하루를 보낸다. 성심성의껏 연구를 진행하지만 결국 손에 쥐어진 것은 흰 종이 안의 까만색 그림 또는 수치. 까만 것은 데이터고 흰 것은 종이인데, 그 사이 어느 즈음 얇은 선과 진한 선의 대조로 결과를 해석한다. 그런 실험 결과들을 보면서 혹시라도 의미 있는 시그널을 놓칠세라, 그녀의 속마음을 읽듯 데이터를 살펴본다.

더욱더 고단한 것은 연애가 쉽지 않듯 연구도 마음 같지 않다는 것이다. 나는 늘 실망한다. 그리고 매일 실패 비슷한 것을 한다. 100개의 데이터가 나오면 그중에 잡아 쓸 수 있는 데이터는 대여섯 개쯤. 나오지 않는 데이터는 왜 그런지 트러블 슈팅(trouble shooting)[1] 을 해야 하고, 잘 나온 데이터는 정말 그 데이터가 맞는지 적어도 세 번은 같은 실험을 해 봐야 한다. 수치는 과학적으로 '의미 있는' 수치인지 확인해야 하고, 혹여 가설이 틀렸다면 처음으로 되돌아가 가설을 재설정해야 한다.

---

1) 트러블 슈팅(trouble shooting): 작업을 진행하는 도중에 문제가 발생했을 때 이것을 진단하고 해결하는 일.

이런 직업을 갖고 10년 이상 일하면서 그래도 버틸 수 있었던 이유는 높은 자존감이 한몫했다고 보는데, 여기에 나의 자존감을 높여 준 레시피를 적어 보려고 한다.

첫 번째, 일주일 혹은 한 달 주기로 했던 일 정리하기. 연구라는 단어가 그럴듯해 보이지만, 실상은 비슷한 일을 10번 혹은 100번 반복하는 일이다. 어젠 분명 꽃피는 3월이었는데 눈 깜짝할 사이에 더운 여름을 맞이하게 된다. 반복되는 일상 속에서 했던 일을 정리하는 시간을 가짐으로써 결코 허투루 살지 않았음을 스스로 증명하곤 한다.

'지난달은 새로운 실험을 시작하기 위해 많은 시간을 할애했군.'

'그 전달에는 학부 실습을 하느라 바빴군.'

별 의미 없이 후루룩 지나간 것으로 생각했던 하루, 일주일, 그리고 한 달 동안 생각보다 많은 일을 고민하며 처리하고 살아왔다는 사실을 알게 된다. 그러고 나면 나에 대한 연민이 생긴다.

중요 레시피 : 나를 불쌍히 여기는 마음 한 스푼.

두 번째, 실천 가능한 미래를 계획하기. 과거를 정리하는 일도 중요하지만, 미래를 계획하는 일 또한 매우 중요하다. 나는 더 잘할 수 없을 것이 명백한 일들을 '언젠가'라는 책임감 없는 부사로 휘갈겨 적는 초등학생이 아니다. 할 수 있을 법한 일, 적어도 어느 정도의 시간을 투자해야 할지 감이 오고 나에게 충분한 보상이 오는 일을 위주로 나의 미래를 계획한다. 미래의 계획은 조만간 현재 그리고 과거의 일이 되므로, 적당하게 세운 계획은 내 인생에 큰 틀을 짜 주고 이렇게 살면 된다는 자신감을 불어넣어 준다. 그리고 미래에 이런 계획을 모두 수행한 나는 지금보다 훨씬 멋진 사람일 것이라는 기대를 하게 해 준다.

중요 레시피 : 이유 있는 기대감 한 스푼.

세 번째, 현재의 자신을 응원하기. 과거와 미래의 계획을 다 세우고 나면 현재의 나를 지그시 바라본다. 저기 저 먼 곳에서 오늘의 삶을 관망해 본다. 아무리 과거의 일과 미래의 계획을 잘 정리하고 짜 놨다고 하더라도 스스로 인생을 멋있게 보지 않으면 아무 쓸모가 없다. 이 일을 왜 하는지, 어떤 의미가 있는지, 혹여 의미가 없어 보여도, 혹은 누군가가 왜 그런 일을 하느냐고 의심할 때도 나는 나의 일을 믿는다. 그리고 나를 믿는다. 사실 여기에는 약간의 뻔뻔함도 필요하다 (경상도에서는 이를 '뻔치'라고 표현한다). "나는 좀 꽤 괜찮은 사람이야!"라고 말할 수 있는 용기를 잃지 않아야 한다.

중요 레시피 : 뻔치를 가장한 용기 한 스푼.

연민과 기대감 그리고 용기를 한 스푼씩 넣고 나면 '을'의 연애에서도 좀 더 건강한 관계의 연애가 시작된다. 내가 그녀를 사랑했듯, 그녀가 나를 사랑한 이유가 분명히 있을 것이다. 아무리 내가 먼저 과학을 사랑했어도, 그래서 이 길에 들어서게 되었어도, 아마 과학이라 불릴 수 있는 그 무언가도 나를 사랑하겠지. 여기에서 할 수 있는 역할이 분명 있을 것이다. 나는 그것을 믿는다. 당신이 나를 사랑할 이유를.

　오늘도 고단한 하루를 시작한다. 머지않은 미래에 '을'의 연애가 마무리되고 우리가 서로 진심으로 사랑하게 될 때, 나는 과학의 길로 들어온 나 자신에게 한 치의 망설임 없이 엄지를 치켜세울 것이다.

내 첫사랑 이야기

    나는 항상 그와 같이 밥을 먹었다. 다른 가족들은 따로 음식을 차려내 식사를 했지만, 나만큼은 그와 같이 먹었다. 대청마루 위, 동그란 밥상머리에 대칭을 이룬 자리에서 그와 마주 앉아 밥숟가락을 뜨면, 그는 항상 싱싱한 고등어살을 내 숟가락에 얹어 주었다.

    "아잉, 안 먹어. 이거 맛없어."
    "에헤이, 이거 몸에 좋은 거야. 먹어, 먹어."

    입이 짧았던 나는 대부분의 반찬을 거부했고, 그는 몸에 좋고 비싼 반찬을 항상 내 숟가락에 얹으려고 노력했다. 대부분 그가 졌고, 가끔 내가 졌다.

총총한 별이 빛나는 밤이면 화장실 가는 것이 너무 무서웠다. 특히 그의 집은 재래식 화장실이 있는 시골이었기 때문에 실제로 위험하기도 했다. 그러던 중 무심코 알게 된 무서운 옛날이야기 때문에 나는 공기가 차갑게 내려앉은 밤에는 절대로 혼자 화장실에 갈 수 없었다.

"헛간에 귀신이 나온대. 그리고는 '파란 휴지 줄까, 빨간 휴지 줄까' 하고 묻는다는 거야."

그런 나를 위해 그는 언제든 나의 손을 잡고 화장실에 같이 가 주었다.

"거기 있는 거 맞지? 나 너무 무서워."
"여기 있으니까 걱정하지 마. 일이나 잘 봐."

그는 투박한 손을 가졌다. 그 투박한 손으로 동그랗고 이쁜 사과 농사를 지었다. 그의 손에서 태어난 사과는 정말이지 달콤했다. 빠알갛게 익은 사과를 반으로 자르면 진한 꿀이 한 움큼 들어 있었다. 착한 사람 손맛을 사과도 아는 걸까.

깊은 쌍꺼풀, 착한 콧날, 그리고 얇지만 앙다문 입술을 가진 그가 경운기를 몰 때는 젊은 시절의 신성일 같았다. 목소리는 얼마나 좋은지, 가천면에서 제일가는 가수였다. 그가 노래를 부르면 온 동네 사람들이 엄지를 치켜세웠다.

그는 이름 없이 태어난 것 같은 들꽃마저도 무슨 이름인지 다 아는 사람이었다. 그와 함께 손을 잡고 사과밭에서 집으로 돌아오던 때면 나는 전혀 궁금하지 않으면서도 눈에 보이는 모든 들꽃의 이름을 물었다.

"이거는? 이거는? 그럼 이거는?"

그런 내가 꽤 귀찮을 텐데도 싫은 내색 하나 보이지 않고 제비꽃이며 애기똥풀같이 귀여운 들꽃 이름을 성심성의껏 알려 주었다.

사실 그는 많은 사람의 사랑을 받고 있었다. 나는 제일 큰 외손녀였지만 내 밑으로도 손자 다섯에 손녀 넷. 우리가 재롱을 부리면 할아버지는 점잖게 의자에 앉아 우리를 흐뭇하게 바라보았다. 마을에서도 어린 사람, 나이 많은 사람 가리지 않고 그는 인기쟁이였다. 그런데도 외할머니조차 나와 외할아버지 사이를 짐짓 인정하는 모습이었다.

"같은 호랭이 띠라서 저렇게 잘 맞는가보다야~"

진짜 그럴 수도 있겠다고 생각하면서 나는 할아버지의 투박한 손을 꼬옥 잡았다. 그러면 외할아버지는 싱긋 웃었다.

외가에 가면 항상 그는 군불을 지피고 있었다. 그래서인지 그의 몸에서는 군고구마 냄새가 났다. 나뭇가지, 낙엽, 종이 쓰레기 같은 것들이 아궁이 속으로 빨려 들어갔다. 그것들이 자신들의 몸을 태워 만드는 연기는 그의 얼굴로 향했고, 그는 연기를 손으로 휘휘 내저으면서도 불을 활활 지피기 위해 아궁이에 무언가를 계속 넣어댔다. 나는 도시에서 지친 몸을 그의 아랫목에서 지지며 풀어냈다. 화덕에 불이 활활 타오를수록, 그의 머리에는 하얀 눈이 펑펑 내렸다. 그와 동시에 주름도 조금씩 깊어져 갔다.

그 사이, 나쁜 세포가 그의 몸속에서 자라고 있었다. 눈에 보이던 총기는 점점 엷어지고 몸은 여위어 갔다. 항암치료를 할 때면 모든 가족이 손을 모아 기도했다. 좀 더 옆에 계셔 달라고. 그의 몸이 점점 약해져 간다는 것을 모두 알았지만 다 함께 모른 척했다. 그래야만 그가 다시 돌아올 것이라고 믿었다. 하지만, 외할아버지는 마지막 발자국조차 자식들에게 짐을 지우기 싫었던지 꿈꾸듯 하늘나라로 가셨다. 마지막 모습까지 그는 아름다웠다.

얼마 전, 외할머니와 함께 외할아버지가 있는 영면 공원에 다녀왔다. 외할머니는 외할아버지의 묘비를 정성스레 닦으며 노래를 시작했다.

바람에 날려 버린 허무한 맹세였나
첫눈이 내리는 날 안동역 앞에서
만나자고 약속한 사람
새벽부터 오는 눈이 무릎까지 덮는데
안 오는 건지 못 오는 건지
오지 않는 사람아
안타까운 내 마음만 녹고 녹는다
기적소리 끊어진 밤에
기다리는 내 마음만 녹고 녹는다
밤이 깊은 안동역에서

진성 [안동역에서] 중에서

이제 하산할 시간입니다

　일요일 아침 9시 디즈니 만화 동산을 보고 있으면, 리모컨을 빼앗겨 심심했던 아빠는 가끔 산에 올라갈 채비를 하셨다. 그러고는 혼자 가기 적적하셨던지 소파에 엎드려 텔레비전을 보고 있는 나에게 제안하셨다.

　"해나야, 등산하러 가자. 지금 가면 시원해서 금방 올라갈 수 있을 거야."

　일요일은 쉬는 날이지, 산에 올라가는 노동을 하는 날이 아니라고 생각했던 나는 완강히 거부했다.

　"아 싫어, 나는 정말 등산이 싫어! 어차피 내려올 거 왜 올라가?"

집에서 뒹굴뒹굴하고 싶던 나는 어떻게든 적당한 구실 거리를 찾아 등산을 피했다. 그러면 머쓱해진 아빠는 그다음 타깃인 동생 방으로 들어가 신나게 게임하는 녀석의 뒤통수를 치며 좀 더 강압적으로 등산하러 가자고 이야기하셨다. 불쌍한 내 동생은 어쩔 수 없이 아빠를 따라 산을 타러 갔는데, 뭔가 모를 미안함과 동시에 나는 따라나서지 않았다는 안도감에 미소를 지었다. 그러고는 다시 일요일의 뒹굴모드를 시작하며 생각했다.

'사람은 왜 산 정상에 오르려고 하는 걸까?'

2019년 7월 17일, 아빠가 뇌출혈로 쓰러지신 날. 미국에 있던 나는 그날을 기억하지 못한다. 엄마와 남편이 혼자 있는 나를 걱정해 알리지 않은 것이다. 공교롭게도 그즈음 나는 평생 워커홀릭으로 살아오신 아빠가 너무 걱정되어 일을 그만 좀 줄이라는 강력한 메시지를 담은 메일 한 통을 보낸 참이었다. 아빠와 좀처럼 연락이 되지 않자, 내가 보낸 메시지에 아빠의 기분이 나빠진 것은 아닌지 걱정되기 시작했다. 미국에 떨어져 있는 딸이 안부는 묻지 않고 더운 여름에 열심히 일하고 있는 아빠에게 일하지 말라고 했으니 좀 섭섭하게 느끼실 수도 있겠다 싶었다. 그래서 다시 메일을 보냈다.

아빠랑 엄마, 밥은 잘 챙겨 드시는지 궁금해요.
혹여 미국에 떨어져 있는 나를 조금이라도 걱정하고 있다면 부디 그러지 마시기를.
남들이 많이 한다는 제주도 한 달 살기는 못하더라도 제주도 가서 2~3일 정도 피서는 꼭 하고 오시기를 바라요.

일을 줄이라는 단호한 메시지 대신 아빠에 대한 걱정과 사랑을 가득 담아 한마디를 살짝 덧붙였다.

아빠, 이제 천천히 내려오는 연습을 해야 할 시간이야.

평생 더 높고 높은 목표만 지향해 오던 아빠였다. 그의 두 어깨에 놓인 짐과 부담감을 누구보다 잘 이해하는 나였지만 평생 저렇게 살다가 어느 날 갑자기 삶의 의미를 잃고 휘청거리게 되실까 걱정이었다.

그 후, 몇 주 동안 답이 없는 아빠를 대신해 엄마에게서 전화가 왔다. 반가운 엄마 얼굴도 잠시, 휴대전화 화면 너머로 새하얀 병원 천장이 보였다. 무슨 일인지 사태를 파악하기도 전에 병원 침대에 누워 있는 아빠가 보였다. 엄마는 그때까지 참아왔던 울음을 삼키며 아빠의 상태를 알려 주셨다. 그날 나는 모든 일을 다 내팽개치고 바로 비행기표를 예매해 한국으로 돌아왔다.

아빠만의 방법이었을까. 도저히 스스로 내려올 수 없는 당신을 위한 어쩔 수 없는 방편이었을까. 아니면, 신이 내리신 특단의 조치였을까.

어릴 적부터 원대한 꿈과 높은 목표를 갖고 살라는 말은 귀에 딱지가 앉도록 들었지만, 막상 내려오는 법을 배우지는 못했다. 숨이 넘어갈 듯 헐떡이다가 다시 돌아갈까 하는 악마의 속삭임도 잠시, 이를 이겨내고 가까스로 다다른 산 정상에서 나는 땀을 쓱 닦고 더 오를 곳이 없다는 뿌듯함과 함께 '야호~'를 외친다. 허무하다. 5분 전의 나와 비슷한 표정으로 산 정상에 다다른 사람들은 컨베이어 벨트를 탄 듯 계속 올라오고 나는 하릴없이 하산할 채비를 한다. 그리고는 뒤도 돌아보지 않고 다다다다다 내려간다. 올라오는 발걸음은 그렇게 무거웠는데 내려가는 발걸음은 깃털과 같다.

하지만 우리네 인생은 내려가는 일이 그렇게 쉽지 않다. 내려오는 일은 그 무엇보다 무섭다. 후다다닥 내려올 용기가 우리에겐 없다. 계속 높은 곳에 머물고 싶다. 높은 목표를 설정하고 거기에 다다랐으면 또 다른 사다리를 산 정상에 세우고 싶다. 우리는 미처 내려오는 법을 배우지 못했다.

목표 지향적이던 아빠는 인생의 꼭짓점에서 천천히 하산하는 대신 너무 아픈 방법으로 내려왔지만, 엄마의 지극한 사랑과 병간호로 다행히 많이 완쾌하셨다. 지금 아빠는 대구에서 청도로 거처를 옮기셨다. 엄마가 꿈꾸던 전원주택에서 자그마한 텃밭을 가꾸고 풀과 나무를 심으며 또 다른 인생의 변곡점을 지나고 계신다.

누구든 하산하는 때가 있다. 그리고 각자의 방법이 있다. 이제라도 아빠의 손을 잡고 등산하러 가야겠다. 그리고 이야기해야지.

"아빠, 우리 하산하러 가자!"

엄마와 딸

엄마의 이야기

어린 해나는 노래를 잘 부르고 춤도 잘 추는 사랑스러움의 집합체였다. 자화자찬이라 할지라도 패션이나 코디 쪽은 센스가 있었기 때문에 딸 해나의 머리를 삐삐 머리, 땋은 머리로 요리조리 바꾸고, 귀여운 멜빵바지와 꽃무늬 치마 등을 입혀 본래 생긴 것보다 해나의 귀여움을 배가시켰다. 해나는 넘치는 사랑을 받고 이를 어른들에게 나눠 줄 수 있는 아이였으며, 그런 해나를 바라보며 스스로 뿌듯해했다. 변변찮은 살림에 하루하루 고될 때도 많았지만 해나의 웃음은 그런 고됨을 날려 버리는 자양강장제였다. '내가 어쩜 이리 귀여운 아이를 낳았을까.' 해나의 머리를 땋아 주며 행복한 생각을 했다.

해나는 잘 먹지 않는 아이였다. 잘 먹지 않아 신진대사가 활발하지 않았다. 며칠, 몇 주 동안 대변을 보지 못한 해나는 거실을 운동장 돌 듯이 돌았다. 한 100바퀴 돌고 나면 토끼 똥 하나, 200바퀴 돌고 나면 간신히 나오는 토끼 똥 두울. 해나를 키울 때 가장 힘들었던 것을 말하라면 잘 자지 못하고 잘 먹지 못했던 그 시기일 것이다. 해나는 딸기를 좋아했는데 그때는 지금처럼 사시사철 딸기를 먹을 수 있는 시절이 아니었으므로 해나 아빠는 주기적으로 서문시장에 들러 아이에게 줄 딸기를 눈에 불을 켜고 찾아보아야 했다.

그런데도 해나는 큰 병치레 없이 쑥쑥 잘 컸다. 해나를 낳고 6년 만에 얻은 아들 또한 온 가족의 사랑을 독차지했지만 해나는 질투 하나 없이 동생을 잘 돌보았다. 해나는 공부도 곧잘 했다. 시험을 망치고 오는 날이면 그 처절함이 초인종 소리에서도 드러났다. 그런 날은 꼼짝없이 숨죽여야 했지만, 사실 크게 걱정하지 않았다. 내일 시험은 잘 칠 것이기 때문이다. 내일 문을 열고 들어올 때 방긋 웃으며 이렇게 이야기하겠지.
"엄마~ 히히. 오늘은~ 있지~ 올백이야!"

늦게 결혼한다던 해나는 27살, 요즘 시대로 치면 좀 이른 나이에 싱긋 웃는 눈웃음이 매력적인 남자를 만나서 결혼했다. 착한 사위는 내 마음에 쏙 들었다. 해나는 신혼여행도 미루고 결혼식 바로 이틀 뒤부터 박사과정을 시작했다. 처음 박사과정을 한다고 했을 때 그다지 놀라지 않았다. 왜냐면 '언젠가는 했을 놈'이기 때문이다. 시작하면 끝을 보는 성격이니까.

전화만 하면 박사 공부하기 싫다는 소리를 귀에 딱지가 앉도록 들었지만, 그 또한 걱정하지 않았다. 나의 역할은 그저 징징대는 소리를 들어 주는 것으로 충분했다. 그사이 나는 갱년기도 겪고 집안에 힘든 일도 있었지만, 지나고 나면 그때 그 시절이 그랬다는 생각만 들 뿐 아무렇지 않았다. 아이들이 밝고 건강하게 자라 주는 것이 얼마나 행복한지 그 생각만 할 뿐이었다.

해나가 박사학위를 받은 뒤 미국에서 잠시 일할 때, 용케 시간과 용기를 내어 혼자 해나를 만나러 갔다. 처음 가 보는 미국 시카고. 먼 타국 땅에 집을 구해서 일하고 밥을 해 먹으며 잘 지내고 있는 모습이 멋있어 보였다. 혹시 몰라서 영어 공부를 좀 하고 갔지만 부끄러워서 입도 뻥긋 못 했다.

대신, 해나가 유창한 영어로 가이드 노릇을 해 주었다. 마지막 코스로 데려간 시카고 존 핸콕 타워에서 우리는 해나의

'말발'로 창가 제일 좋은 곳에 자리를 잡고 칵테일을 하나 시켰다. 이름이 선라이즈였던가…. 앗, 얼마 전에 공부한 영어 단어다.

"그래, 해나야. 나는 선라이즈가 좋아. 우리는 얼굴이 동그랗잖니. 해가 나듯이."

행복한 맛이 나는 칵테일을 홀짝거리며 시카고 지평선 너머로 뉘엿뉘엿 지는 해를 바라보았다. 시카고의 높은 빌딩에서 해나와 함께 선라이즈를 마시며 선셋을 보는 오늘이라니. 나 정말 잘 살아왔다.

35년 전 조그맣던 딸 해나는 이제 다 커버렸다.
해나는 나의 듬직한 친구가 되었다.

딸의 이야기

요리를 잘하는 엄마 덕분에 나는 매일 점심이 기다려졌다. 엄마가 해 주는 두부조림, 양념 콩고기는 정말 최고의 반찬이었다. 보통 점심시간에는 친구들과 빙 둘러앉아 점심 도시락을 오픈하는데 이때 내가 먹을 반찬을 젓가락으로 듬뿍 찍어 밥 위에 올려놓아야 다른 친구들에게 뺏기지 않는다. 나는 늘 도시락 오픈과 동시에 젓가락으로 내 반찬을 반 이상 가져왔다.

그와 별개로 나는 입이 무척 짧은 아이여서 나를 챙겨 먹이는 것이 무척이나 고된 일이었다는 점에 동의한다. 엄마는 아침마다 밥을 한 숟갈이라도 더 먹이려고 부단히 애를 쓰셨다. 한 입도 먹지 않는 날에는 엘리베이터 앞까지 와서 내가 과일 주스를 다 마시기 전까지는 엘리베이터를 타지 못하게 했다.

"아이참~! 나 늦어!! 지각이야!!"

소리를 지르면서도 어쩔 수 없이 과일 주스를 꿀꺽 다 마셨다. 그러면 엄마는 꼭 그런 내 입에 견과류나 떡 같은 것을 한 움큼 쑤셔 넣었다. 눈을 흘기면서도 어쩔 수 없이 먹을 수밖에 없었다. 엘리베이터 문밖으로 보이는 엄마는 '성공'이라는 듯 씨익 웃었다.

밝고 잘 웃는 엄마였지만, 오히려 그렇기에 엄마가 우울한 날에는 온 집에 정적이 돌았다. 반짝반짝 광이 나는 마루와 따뜻한 밥 냄새가 나는 대신, 어두운 소파 한구석에 앉아 먼 산을 보고 있는 엄마가 낯설게 느껴졌다. 그런 날에 나는 피아노를 쳤다. 엄마는 '사랑의 미로'나 '잃어버린 우산' 멜로디를 특히 좋아했다. 우울의 원인이 아빠인 것 같은 날에는 연애 시절 아빠가 엄마에게 자주 불러 주었다는 'J에게'를 선곡했다. 좋았던 날을 생각하면서 오늘의 우울함 따위는 사라지길 바라는 마음에서였다.

원래 지기 싫어하는 성격이긴 했지만, 엄마를 기쁘게 하려고 더 열심히 공부했다. 엄마는 잘 모르지만 사실 나의 사춘기는 고등학교 2~3학년 때 찾아왔는데, 그맘때쯤 아무리 노력해도 더 올라갈 수 없는 공부의 벽을 느꼈던 것 같다. 그리고 짝사랑하는 남학생도 생겼다. 엄마는 절대 공부하라는 이야기를 하지 않았다. 성적이 떨어져도 닦달하지 않았다. 그냥 맛있고 건강한 음식을 한 숟가락이라도 더 챙겨 주려는 사람 같았다. 그것이 엄마의 사랑이었고, 진심이었다. 그런 엄마의 진심에 답하기 위해서 더 열심히 공부했다.

엄마의 사랑이 듬뿍 담긴 밥을 먹고 나는 신체적으로, 정신적으로 성장했다. 좋은 대학을 나와 좋은 직장을 잡고도 좀더 훌륭한 사람이 되기 위해 공부했다. 나이 서른에 박사학위를 받고 외국에 나가서 일했다. 20대는 연구와 공부로 점철된 시간이었으므로 엄마와 함께 놀러 갈 기회가 없었다. 그래서 엄마를 내가 있는 미국 시카고로 초대했다.

엄마와 함께한 그 짧은 시간은 정말 소중했다. 일과 관련된 영어가 아닌 생활영어는 사실 그렇게 유창하지 않았으므로 잘 안 되는 영어를 손짓, 발짓해가며 존 핸콕타워에서 가장 좋은 자리를 잡았다. 지는 노을을 보며 나는 엄마에게 말했다.

"엄마, 엄마가 내 엄마라서 너무 행복해."

그 말은 진심이었다. 숭고하고 아름다운 엄마의 사랑 앞에서 내가 표현할 수 있는 최고의 찬사였다.

나는 그저 오랫동안 엄마의 귀여운 딸이고 싶다.
그러기엔 우리 엄마가 점점 귀여워져서 큰일이지만….
앞으로도 언제까지나 엄마의 빛 안에서 살아갈 수 있기를 바라고 또 바란다.

미리, 퇴임에 즈음하여

30년 후에 있을 저의 퇴임식을 생각하며
미리 퇴임사를 써 봅니다.

저의 퇴임식에 와 주셔서 감사합니다. 퇴임식이라니…. 퇴임이라는 단어가 저에게 주는 두려움이나 허무함보다는 '저라는 사람이 여러분의 시간을 빼앗아 이렇게 거창한 퇴임식을 해도 되나?' 하는 걱정이 앞섭니다.

그럼에도 불구하고 오늘은 제 인생 또 다른 장의 끝이기도, 시작이기도 합니다. 그런 순간을 축하해 주러 오신 여러분께 다시 한번 진심으로 감사드립니다.

20대부터 이 길에 들어와 강산이 몇 번이고 바뀌었습니다. 이쯤 되면 적응할 법도 한데, 아직도 어렵고 공부할 것은 산

더미 같습니다. 퇴임식을 한다는 것은 이제 그런 부담감을 좀 내려놓아도 된다는 이야기일까요?

저는 매년 나이를 먹는데, 함께 있는 학생들의 나이는 늘 20대입니다. 그래서 제가 이렇게 나이를 먹었다는 것도 실감하지 못했어요. 제일 처음 학교에 부임했을 때는 학생들을 제외하고 나이가 꽤 어린 축에 속했던 것 같은데, 어느샌가 손발이 쭈글쭈글해지고 얼굴에도 주름이 깊어졌습니다. 어쩌겠습니까? 이 나이 되면 얼굴에 책임을 져야 한다고 하던데. 저는 이 쭈글쭈글한 얼굴에 책임을 지기가 싫네요(웃음).

미국 토크쇼의 여왕 오프라 윈프리가 이런 말을 했지요.

"*You can have it all, just not all at once(당신은 모든 것을 할 수 있지만 한 번에 모두를 해낼 수는 없습니다).*"

오랜 시간 공부하며 딸로서, 아내로서, 엄마로서 그리고 선생으로서 많은 역할을 모두 잘하고 싶었지만 쉽지 않았습니다. 그러다가 언제인가 깨닫게 되었지요. 내게 주어진 이 많은 역할을 각각 100% 잘해 낼 수 없음을. 그 역할들을 잘게 나누어서 수행할 수밖에 없고, 결국 그 합이 100이 되게 하는 것이 최선이라는 사실을 알게 되었습니다. 그때부터는 모든 것을 완벽하게 잘하고자 애쓰는 대신, 나에게 주어진 역할을 어떻게 잘 분배할지 생각했습니다.

인생에 큰 변화가 다가올 때, 그리하여 새로운 역할이 나에게 주어질 때, 삶의 방향을 조금씩 재조정하며 무게 추를 어디에 놓을지 고민하기 시작했어요. 학교에 부임해 학생들을 가르치기 시작하면서, 그때까지 학생 역할에만 익숙하던 제가 '가르치고 교육하는 선생' 역할을 잘하기 위해 애썼던 기억이 납니다.

제일 큰 변화는 첫째 아기를 가졌을 때지요. 임신 중 호르몬 변화로 컨디션 난조를 겪고, 출산 후 밤낮으로 울고 보채는 아기를 키우며 알게 되었습니다. 계획을 세우고 그것에 따라 삶을 이끌어가던 내 생활 방식이 많이 달라지리라는 것을요.

'이제 나의 삶은 온전히 내가 컨트롤할 수 있는 것이 아니구나.'

'이제 이런 삶에 적응해야 하는구나.'

다행히 저는 그런 변화를 기꺼이 받아들일 준비가 되어 있었습니다.

삶의 변화를 이해하고 감내하며, 행복한 삶을 주체적으로 운영하기 위해 주기적으로 하는 일이 있습니다. 바로 저의 이야기를 글로 쓰는 것입니다. 뒤돌아보면 인생이란 감독, 연출, 극본, 주인공까지 모두 도맡아 자신의 스토리를 만들어 가는 과정입니다. "인생은 멀리서 보면 희극이지만, 가까이서 보면 비극이다"라는 찰리 채플린의 말처럼 좋았던 기억 곁에는 힘들고 두려웠던 기억도 많지요. 그러나 그런 이야기를 스스로 적어 나가다 보면, 힘든 일이든 기쁜 일이든 각각의 이야기는 나름대로 힘을 갖고 있음을 알게 됩니다. '현재의 나를 만든 것들이 다 이런 이야기 덕분이구나' 하고 생각하는 순간, 스토리 라인이 풍성한 한 편의 영화가 탄생하는 것이지요.

To be continued.

오늘 퇴임식 이후에도 저의 이야기는 계속될 것입니다. 삶의 방향을 어떻게 재조정하고, 어디에 무게 추를 두면서 살아갈지 저도 참 궁금해지네요.

무한한 가능성을 가진 여러분, 각자 삶의 주인공인 여러분. 오늘이라도 한번 여러분의 이야기를 글로 써 보십시오. 거기서 얻은 힘으로 인생의 많은 변화를 두려워하지 말고 여러분에게 주어진 다양한 역할을 기꺼이 맞이하십시오. 그 행복한 삶을 온전히 누리며 살아가기를 바랍니다.

제가 이렇게 명예로운 퇴임식을 할 수 있게끔 도와주신 분이 너무 많습니다. 평생 사랑으로 키워 주신 부모님을 비롯해 시부모님, 저의 은사님, 사랑하는 남편, 이제 함께 늙어가는 동생, 저의 소중한 친구들, 연구실과 강의실의 학생들, 그리고 오늘을 축하해 주러 오신 여러분까지.

모두 다 여러분 덕분입니다.

감사합니다.

또 다른 선물

나의 모든 것은 당신 덕분입니다.

당신에게 감사의 선물을 하는 중에
저에게도 더없이 소중한 선물이 찾아왔습니다.

내가 누군가에게 당신의 역할을 한다는 것이
두렵기도 하지만,
잘할 수 있겠지요?

당신이 내게 그리했던 것처럼,
저도 이 친구에게 더없는 사랑과 용기를 전해 줄게요.

내가 당신에게 배운 것이라고 그렇게 말하겠습니다.

나를 진심으로 사랑해 주어 고맙습니다.

나의 모든 것은 당신 덕분입니다.

2021년 가을이 다가오는 날

글을 마무리하며,

최 해 나

글을 쓰는 동안 잃어버린,
놓쳐버린 것들을 제법 많이 되찾아왔다.
신경세포들이 그들을 하나, 둘 소환해내는 능력은
놀라움, 그 자체였다.
매번 하는 이야기지만, 글쓰기는 누구도 아닌,
'글을 쓰는 사람'을 위해 가장 먼저 쓰인다.
꾸준히 글을 쓰다 보면 당신도 느끼게 될 것이다.

글쓰기가 소환 능력이 좋다는 것을.
글쓰기가 생각의 힘을 키운다는 것을.
글쓰기가 밥맛을 더 좋게 한다는 것을.
글쓰기가 사람을 살린다는 것을.

하루에 한 번, 글 쓰는 시간을 가져보자.

10분도 좋고, 30분도 좋다.
당신을 두렵게 만드는 것이든,
당신에게 용기를 선물해주는 것이든,
끝내 들춰내지 못하고 숨겨놓은 것이든,
지니고 있는 것들을 글로 풀어보자.

깊게 들어갈수록 글은 진실에 가까워질 것이고,
솔직함이 거듭날수록 본질에 가까워질 것이다.
마침내 진짜 나를 만나게 될 것이다.

〈글쓰기가 필요한 시간〉 중에서

그냥그냥 사는 것 같지만
삶에 진심인 편입니다

초판 1 쇄 ㅣ 2021 년 11 월 11 일
지 은 이 ㅣ 김태호, 해강, 정현, 최해나

발 행 인 ㅣ 김수영
발 행 처 ㅣ 담다
편집 · 디자인 ㅣ 부카
출판등록 ㅣ 25100-2018-2호
주   소 ㅣ 대구 달서구 조암로 38, 2층
메   일 ㅣ damdanuri@naver.com

ⒸISBN 979-11-89784-16-4 (03810)